1

Omar era pensieroso. I suoi cinque permessi di uscita per quell'anno erano finiti. Aveva fatto richiesta per un'uscita speciale, ma ancora non aveva ricevuto risposta. Non lo preoccupavano tanto le scartoffie burocratiche. Compilare i moduli non era complicato. Bastava accedere alla schermata del Ministero, selezionare il motivo dell'uscita, rispondere alle varie domande, inserire il codice personale e aspettare. Ormai era tutto on-line, non era più necessario compilare fogli di carta, anche perché erano rarissimi i moduli stampati. Se tutto andava bene, generalmente dopo poco arrivava il permesso di libera uscita. Se il sistema riscontrava delle incongruenze inviava il formulario completo da riempire in ogni singola parte: nome, nickname, circoscrizione, area, sesso, malattie già avute, malattie non ancora contratte, codice personale. Era comunque difficile che il Ministero non approvasse le uscite subito, le schede personali di ogni persona erano già presenti all'interno della rete ministeriale. Il sistema era rodato da molto tempo e aveva sempre funzionato in maniera eccellente. Omar lo sapeva, anche se questo ritardo nell'accettazione della sua richiesta era strano. Anche se il Ministero avesse riscontrato delle incongruenze, cosa assai improbabile, Omar era pronto a compilare il formulario completo. Per sicurezza aveva già effettuato l'accesso al suo quadro storico e aveva tutti i suoi dati personali a portata di mano. Ma non era tanto la burocrazia a spaventarlo, quello che lo terrorizzava veramente era la disinfestazione una volta ottenuti tutti i permessi. La disinfestazione era obbligatoria e consisteva nello stare per due minuti dentro una cabina doccia per essere irrorati da una strana sostanza. In questa maniera si veniva immunizzati dai virus, ma poi il corpo bruciava in maniera incessante per oltre un'ora. La cabina doccia era dipinta con colori chiari e rilassanti. Una voce registrata guidava i vari procedimenti. "Posizionarsi al centro" "Rimanere immobili" "Trattenere il respiro". Un suono indicava l'inizio dell'irrorazione. Del vapore usciva da dei fori posizionati alle pareti, mentre un liquido colava dall'alto andandosi a piazzare su ogni parte del corpo. La cosa più difficile era rimanere immobili. Il solletico iniziale provocato dal liquido si trasformava velocemente in prurito. Il desiderio di grattarsi diventava sempre più forte e si doveva comunque trattenere il respiro. Getti di vapore più forti indicavano che la disinfestazione stava per giungere al termine. Delle ventole aspiravano gli ultimi residui della sostanza e un getto di acqua calda risciacquava il corpo. Un suono indicava la fine della disinfestazione. Omar non sapeva cosa fosse la sostanza con cui veniva irrorato il suo corpo, ma sapeva che questa procedura era necessaria per poter uscire. Ogni volta che era uscito dalla cabina doccia della disinfestazione aveva sempre vomitato. Bruciore della pelle e vomito erano diventati un incubo per lui. Gli altri che dovevano uscire avevano effetti più blandi di quelli che aveva lui. Non sapeva perché. Sospettava che avessero trovato un rimedio al dolore, o forse, non lasciavano vedere la loro sofferenza. A lui non interessava se altri lo vedevano star male. Stava male, non riusciva a nasconderlo. Sapeva però che la procedura era necessaria per uscire. Il Comitato degli Immaginabili non avrebbe tollerato un'uscita senza tutte le precauzioni necessarie. Il comitato degli Immaginabili. Ormai nessuno lo chiamava più con il nome completo: Comitato esecutivo delle proposte immaginabili per il benessere della società. Il Comitato era formato da burocrati di alto rango. Erano loro che avevano il compito di gestire la società nelle aree della Federazione. Omar camminava nervoso per la stanza. Il suo sguardo si fermò sulla mappa a rilievo del mondo appesa alla parete. Avvicinò la mano, ne saggiò i confini, chissà, magari un giorno sarebbe andato anche lui a combattere contro gli odiati nemici. La guerra per quanto ne sapeva lui c'era da sempre. Percorse con la mano i confini della sua area. Omar viveva nell'area meridionale della Federazione euroasiatica. La mappa era lì a ricordarglielo. L'indice della sua mano si muoveva timoroso all'interno del planisfero. Un tocco più deciso azionò lo story-telling. Proiettato nel vuoto, quasi al centro della stanza un ologramma iniziò a spiegare i confini della Federazione e la sua nascita. Le immagini si susseguivano veloci mentre una voce iniziava il racconto. Omar lo aveva sentito un milione di volte. Alcuni passi li sapeva a memoria. "Quando l'Impero nordafricano-mediorientale finì le fonti non rinnovabili creò un'alleanza con la forte e prosperosa Unione Europea. Con il susseguirsi di accordi sempre più stretti si andò formando una federazione compatta e coesa che tentava di arginare il nemico cinese, la più grande potenza economica all'epoca. Il mar Mediterraneo ritornò ad essere un centro economico di vitale importanza, ma a stento riusciva a competere con la Cina. I possedimenti cinesi in India, infatti, avevano permesso alla grande potenza di sopravvivere alla crisi energetica e il cauto espansionismo nel sud-est asiatico avevano creato una repubblica sempre più forte. Quando poi, l'Australia divenne colonia cinese, il gigante asiatico sembrava inarrestabile. La conquista dell'Australia, infatti, aveva garantito alla Cina il controllo del commercio dell'urite, il materiale più prezioso esistente al mondo. L'urite, minerale facilmente malleabile, è ancora oggi indispensabile per ogni forma di tecnologia. Per fronteggiare l'espansione cinese Impero nordafricano-mediorientale e Unione Europea cercarono l'appoggio della Russia, unico stato in grado di contrastare l'egemonia cinese. La prima guerra per il controllo dei giacimenti di urite in Mongolia aveva visto fronteggiarsi i due schieramenti. La guerra fu disastrosa. La superiorità delle armate cinesi sgominò gli altri contendenti e la Cina si assicurò il monopolio dell'urite. Dalla sconfitta gli stati vinti decisero di creare la Federazione euroasiatica. La capitale divenne Mosca e i territori vennero divisi in aree. L'area settentrionale, dove si trova la capitale è la più fiorente e prosperosa; l'area orientale comprende gran parte degli stati settentrionali della vecchia Unione Europea; l'area occidentale il nord africa e il medi oriente e l'area meridionale gli stati della vecchia Unione Europea che si affacciano sul mar mediterraneo." L'ologramma mostrava le varie aree e le loro caratteristiche principali. Omar sapeva bene, per averlo studiato a scuola, che in seguito allo spostamento dell'asse terrestre erano cambiati anche i punti cardinali. Lo storia della nascita della Federazione euroasiatica è obbligatoria fin dai primi anni d'istruzione. Omar se le ricordava bene queste cose, ma non sapeva collocare questi eventi nel tempo. Da quando si era formata la Federazione erano passati cento cinquanta anni. Il tempo veniva calcolato dalla fondazione. Quello che c'era stato prima era un mistero, non solo per Omar, per tutti. Il passato più lontano, quello facilmente documentabile attraverso ricostruzioni scientifiche, era quello legato alla guerra per il controllo dei giacimenti di urite in Mongolia. Prima di quell'evento ognuno aveva le sue idee su cosa ci fosse stato. C'era chi credeva ad una società fiorente che viveva in pace ed in armonia; c'era chi credeva che fino a quella guerra gli uomini avessero vissuto dentro delle caverne; c'era chi credeva che il mondo fosse iniziato con quella guerra. Omar aveva provato a cercare risposte nella rete, ma non era mai riuscito a trovare nulla di concreto. La rete. L'unico sistema per comunicare. Omar e tutte le altre persone che vivevano nella Federazione euroasiatica passavano la loro vita chiusi all'interno delle loro abitazioni, ad eccezione dei cinque permessi annuali che consentivano loro di poter uscire per recarsi nei resort. Per Omar quella vita era normale, era l'unica che conosceva. Continuava a spostarsi nervoso per la stanza, l'attesa era snervante. Sapeva di aver chiesto un permesso d'uscita straordinario. Aspettava con ansia la risposta.

2

Chissà come era il mondo prima, chissà come vivevano le persone. Omar se lo domandava spesso. Ma non aveva risposte certe. Il mondo in seguito alla guerra per il controllo dei giacimenti di urite in Mongolia si era ricoperto di una coltre nera tossica. Un esperimento batteriologico sfuggito di mano. Un virus era stato rilasciato nell'aria. La gente iniziò a morire per semplici raffreddori. Nel giro di pochissimo tempo per tentare di bloccare la diffusione del virus ogni stato aveva sparso nei propri territori un gas tossico.

Lo scopo era quello di fermare il propagarsi del virus, ma ben presto ci si accorse che la nube tossica attaccava anche gli esseri umani, provocando dolori e malattie atroci. Le persone erano costrette a rimanere nelle loro abitazioni per evitare la morte. Gli effetti della nube si facevano ancora sentire. Ancora oggi alle persone è vietato uscire dalle proprie abitazioni, ad eccezione dei cinque permessi annuali. Non era stato difficile abituarsi a questa situazione. Per Omar era una situazione di normalità. Anche con l'attenuarsi degli effetti della nube tossica le persone preferivano rimanere all'interno delle loro abitazioni. Durante la guerra, prima del rilascio della nube tossica, per combattere il virus, ogni stato aveva imposto ai suoi cittadini la quarantena forzata. Un po' ovunque avevano iniziato a costruire dei complessi residenziali collegati fra di loro. Ai piani inferiori c'erano i negozi con i beni di prima necessità, ai piani superiori mini-appartamenti. Quando si iniziarono ad ampliare questi complessi, sorsero dei piccoli villaggi completamente autonomi all'interno delle città. Nessuno sapeva dire con precisione quando, ma ad un certo punto le persone smisero di uscire dai complessi residenziali. Lì avevano tutto quello di cui avevano bisogno. Rapidamente i complessi vennero collegati fra di loro attraverso cupole in vetro che impedivano il contatto con l'esterno. I più piccoli complessi avevano un'estensione di cinque chilometri quadrati, delle piccole città all'interno delle città. I collegamenti della rete virtuale permettevano di tenersi costantemente in contatto con il resto del mondo. Nessuno sentiva più il bisogno di spostarsi dalla propria abitazione. Nacquero le circoscrizioni: complessi di palazzi collegati fra loro, isolati dal mondo esterno da cupole di vetro. Imponenti strutture di cemento, vetro e acciaio. Le città erano tutte così. Fra città e città solo deserto. Si credeva che l'effetto della nube scura avesse reso impossibile lo svilupparsi

della vegetazione e della vita in generale.
Tutti erano convinti che fosse così e anche
Omar lo era. Fortunatamente per cinque
volte l'anno si poteva uscire dalle
circoscrizioni. Dopo le pratiche
burocratiche e la disinfestazione i cittadini
si recavano alle porte delle circoscrizioni,
venivano fatti salire su dei treni dai vetri
oscurati e condotti nei resort. Questi viaggi
erano rigorosamente regolamentati dal
Ministero. Le uscite servivano infatti
esclusivamente per dare la possibilità alle
persone di riprodursi. Il Ministero
scoraggiava fortemente le promiscuità
all'interno delle circoscrizioni, esisteva il
problema del diffondersi di malattie

genetiche. Questo era il motivo delle cinque uscite annuali. Il Ministero selezionava le persone che dovevano uscire in base alle loro caratteristiche genetiche per garantire il ripopolamento della terra attraverso nuove generazioni sempre più forti e immuni alle malattie. I resort, posizionati sulle catene montuose della Federazione, erano gli unici luoghi rimasti incontaminati dalla coltre nera che avvolgeva le città. Omar non aveva mai visto le altre aree, né mai aveva conosciuto un abitante di quelle zone. A dire il vero anche dell'area meridionale, oltre alla sua circoscrizione e al resort nelle Alpi, conosceva ben poco. Tutto quello che sapeva delle altre aree lo aveva appreso dalla rete virtuale. La rete era piena di immagini delle varie aree, immagini dall'alto, forse immagini del passato. Non sapeva, ma non era neanche molto interessato. Forse si, i primi anni in cui si era insediato nella circoscrizione era curioso, d'altronde fino a dodici anni era vissuto insieme ai suoi coetanei nel Palazzo dell'Infanzia. Gli unici adulti che aveva conosciuto erano i dottori che una volta a settimana lo visitavano. Omar era uno dei pochi fortunati ad avere un patrimonio genetico sano. I bambini che erano con lui nel Palazzo dell'Infanzia erano tutti sani e perfetti. Gli Immaginabili avevano stabilito che tutti i bambini appena nati venissero portati nei Palazzi dell'Infanzia disseminati per tutta la Federazione e lì cresciuti ed educati da persone competenti. I Palazzi dell'Infanzia erano luoghi chiusi al resto del mondo, zone sterili dove i bambini venivano istruiti e preparati ad affrontare la vita. A dodici anni Omar venne trasferito nella sua attuale circoscrizione.

3

Passò i primi cinque anni, al suo arrivo nella circoscrizione, nella casa della sua nutrice, che aveva il compito di istruirlo e di iniziarlo al sesso. Omar era un maschio da riproduzione. A diciassette anni avrebbe avuto una casa tutta per sé e sarebbero iniziati i suoi permessi di uscita. Lui era un maschio da riproduzione sano e geneticamente perfetto. Selene, la sua nutrice, gli aveva spiegato da subito quanto grande ed importante fosse il suo ruolo. Avrebbe incontrato nelle sue uscite donne sane e geneticamente perfette e avrebbero

risanato la razza umana. Selene gli aveva
spiegato che la nube nera che aveva avvolto
la terra   aveva infettato tutto il genere
umano. I sopravvissuti avevano riportato
una serie di malattie difficilmente curabili.
Gli immaginabili avevano così pensato di
risanare il genere umano attraverso
manipolazioni genetiche. I primi
esperimenti non erano andati a buon fine,
non tutti gli esseri umani sopravvivevano
agli interventi genetici. I geni sani avevano
bisogno di trasmettersi per via naturale. Il
tempo avrebbe risanato l'umanità. Vennero
così selezionati fra i nascituri quegli esseri
non completamente malati su cui gli
scienziati degli Immaginabili intervenivano

geneticamente. Il processo fu lungo e caratterizzato da una serie di insuccessi, fino a che non si giunse ad ottenere degli individui geneticamente sani e perfetti. Per garantire che le future generazioni non si riammalassero vennero selezionati gli individui più forti e prestanti che avevano come compito quello di preservare le caratteristiche genetiche iniziali: uomini e donne da riproduzione. Loro unico compito era quello di mantenersi in forze e occuparsi della produzione di esseri perfetti. Nei Palazzi dell'Infanzia, disseminati in tutta la Federazione, i bambini venivano selezionati in base alle loro attinenze. I più intelligenti venivano sterilizzati e indirizzati verso lo studio delle scienze e delle lettere. Sarebbero diventati scienziati ed insegnanti. I migliori sarebbero andati a far parte del Ministero, l'organo preposto alla direzione degli Immaginabili. I più forti e i più sani erano destinati alla riproduzione. Raggiunta l'età dei trent'anni sarebbero stati sterilizzati e indirizzati o verso l'esercito o a compiere le poche mansioni manuali rimaste. L'esercito si occupava di tenere sotto controllo i confini della Federazione, anche se tutti i sistemi di difesa erano ormai computerizzati. Raggiunti i trent'anni, gli essere umani da riproduzione destinati all'esercito venivano trasferiti nelle circoscrizioni di confine. Chi invece veniva destinato ai lavori manuali rimaneva nella propria circoscrizione. Era tutto molto semplice. Omar sapeva di essere un maschio da riproduzione e quanto era importante il suo compito. Selene gli aveva ripetuto queste cose queste cose per anni prima di lasciarlo al suo compito una volta raggiunti i diciassette anni di età. A volte le mancava Selene, le mancava la sua nutrice, la donna che lo aveva iniziato al sesso e che gli aveva insegnato quanto grande e importante fosse il suo compito. Selene era una donna da riproduzione, o almeno lo era stata. Fra gli esseri umani destinati alla riproduzione chi non aveva attinenze né per l'esercito né per le mansioni manuali, aveva il compito di istruire le nuove leve. Selene si era ritrovata nel ruolo di nutrice quasi per caso. Non aveva mai sopportato i più semplici lavori manuali, né aveva mai avuti particolari propensioni all'arte della guerra. Trentenne, prosperosa, non altissima, castana, sempre sorridente, con delle forme ancora generose provocanti e sode, era con Omar al suo primo incarico. Omar se la ricordava bene, era rimasta nei suoi pensieri, era stata la sua prima donna, quella che gli aveva insegnato tutto. Ma ultimamente non aveva molto tempo di pensare alla sua nutrice. Omar era pensieroso, i suoi cinque permessi di uscita annuale erano finiti. Ne aveva chiesto un altro, uno speciale. Doveva uscire. Era di vitale importanza per lui. Aveva pianificato le cose in maniera perfetta, ma aveva paura degli Immaginabili. Altre volte aveva chiesto dei permessi speciali e gli erano sempre stati concessi. Non riusciva a capire questo ritardo. Stavolta il motivo era serio, non aveva bisogno di un semplice sfogo.

4

Gli immaginabili con il passare del tempo si erano accorti che agli esseri umani da riproduzione non bastavano cinque permessi annuali per sfogarsi, erano esseri perfetti e sani e avevano bisogno di espandere le loro pulsioni sessuali più di cinque volte l'anno. Inizialmente gli Immaginabili lasciarono libero accesso alla rete virtuale pornografica anche agli esseri umani da riproduzione, ma presto si accorsero che non era loro sufficiente. La rete virtuale pornografica era stata a lungo l'unico canale di sfogo dei più intelligenti.

Sterili e senza possibilità di riprodursi davano sfogo alle loro pulsioni sessuali attraverso la rete, ma, mentre i più intelligenti sembravano poi più calmi e più produttivi, gli esseri umani da riproduzione non si sentivano mai soddisfatti. Nacque così l'idea dei permessi speciali. La rete virtuale pornografica rimase comunque accessibile. Selene stessa aveva iniziato ad istruire Omar attraverso la rete prima di passare alla pratica con lui. Nella rete si trovava di tutto: video, foto, feticci e qualsiasi cosa potesse suscitare eccitazione. Il sesso virtuale era praticato normalmente. Attraverso un semplice sensore, poco più grande di un bottone, posizionato sul collo e installando la giusta applicazione venivano soddisfatti anche gli organi tattili e non solo quelli visivi e uditivi. Per i più esigenti esistevano applicazioni che stimolavano anche gli organi olfattivi e gustativi. Un semplice comando vocale permetteva di accedere agli spazi virtuali dedicati al sesso. Si poteva soddisfare qualsiasi perversione sessuale virtuale con le persone della propria area. C'erano poi degli spazi proibiti che permettevano di mettersi in contatto con persone di altre aree della Federazione, ma venivano sempre oscurati rapidamente. Omar non sapeva perché. Una volta stava per mettersi in contatto con una cinese, una nemica. La cosa lo attirava e lo stuzzicava. Aveva trovato uno spazio proibito nella rete quasi per caso. Non aveva mai visto una cinese. Era strano. Un mondo virtuale a portata di mano dove tutto era possibile e lui non sapeva che aspetto avessero i suoi nemici, i nemici della Federazione. Riuscì a vedere il viso della cinese per meno di un secondo e la sentì pronunciare tre lettere, A F R prima che lo spazio venisse oscurato. Era strano, le donne con cui di solito faceva sesso virtuale si facevano vedere nude, in atteggiamenti provocanti e avevano degli sguardi lussuriosi e vogliosi. La cinese no, sembrava fosse vestita e il suo sguardo era come se cercasse di comunicare qualcosa.

Omar ci aveva pensato per un po', ma poi gli erano rimaste in testa solo quelle tre lettere: A F R. Non poteva neanche chiedere spiegazioni a Selene, ormai lo aveva lasciato solo dopo averlo trasformato in un perfetto maschio da riproduzione. Era solo ormai. D'altronde il periodo di svezzamento era finito. Il compito di nutrice di Selene era terminato. Selene era stata molto paziente con Omar. Sapeva che era la prima donna vera che vedeva dopo essere stato nel Palazzo dell'Infanzia e così lo aveva istruito al sesso senza turbarlo troppo. Aveva iniziato con la rete virtuale pornografica, stimolando il suo lato voyeurista. Si era poi lasciata spiare nuda, inizialmente in pose abbastanza castigate e poi in pose sempre più spinte. Quando si era resa conto che Omar era pronto, aveva iniziato a provocarlo in maniera sempre più spudorata, fino a quando non si era accorta che Omar si masturbava mentre la spiava. Fu lei che si intrufolò nel letto di Omar, nuda, provocante, truccata esageratamente e lo iniziò al sesso. Nella selezione con Omar, gli Immaginabili, non si erano sbagliati. Era un perfetto maschio da riproduzione, forte, vigoroso e sano. Nell'ultimo anno in cui vissero insieme, Selene aveva trasformato Omar in una macchina da riproduzione eccezionale ed inesauribile. Ogni volta che era uscito dalla circoscrizione per svolgere il suo dovere di maschio da riproduzione aveva sempre seguito i consigli di Selene. Tutte le donne da riproduzione con cui era stato erano sempre soddisfatte e spesso lo ricercavano nella rete virtuale pornografica o facevano in modo di avere i permessi di uscita speciali negli stessi giorni in cui li chiedeva lui. Ripensando alla sua bravura e alle sue doti personali gli si formava in faccia un sorriso orgoglioso e soddisfatto. Ma non ora, ora Omar era pensieroso. I suoi cinque permessi di uscita erano finiti. Aspettava con ansia che accettassero la richiesta di uscita speciale, ma l'attesa lo stava facendo impazzire. Di solito non impiegavano tanto tempo per vagliare una richiesta. Forse il Ministero stava facendo delle indagini. Su alcuni spazi proibiti della rete si parlava di un controllo più ferreo sugli esseri umani da riproduzione, sembrava infatti che gli ultimi nati avessero avuto dei problemi. Forse, così si vociferava, i geni malati si erano ripresentati. Per Omar erano fake news. Ogni giorno ne girava una. Questa stava resistendo un po' più del dovuto. Una cosa era certa e Omar di questo era sicuro: il Ministero si era fatto più scrupoloso nel concedere permessi di uscita speciali. Per Omar quell'uscita speciale era di vitale importanza. Non sapeva se in seguito avrebbe avuto altre occasioni.

Un'opportunità come quella che gli si stava presentando difficilmente si sarebbe potuta ripetere.

5

Nella sua penultima uscita nelle Alpi, una
sera, si era ritrovato con una donna da
riproduzione stranissima, che lo aveva
affascinato da subito. Era al suo terzo
accoppiamento quel giorno. Gli
immaginabili avevano previsto che a turno
ogni uomo da riproduzione avesse rapporti
sessuali con femmine diverse, così da poter
poi manipolare i geni nella maniera
migliore possibile. Quando Omar entrò
nella stanza dove lo attendeva la sua ultima
donna da riproduzione della giornata, la
trovò in piedi, indossava un vestitino

trasparente, girata di spalle, guardava dalla finestra il panorama alpino. Già quella situazione lo turbò. Era abituato a trovarsi davanti donne nude, stese sul letto, già pronte ad essere penetrate. Lei no, lei era rimasta in piedi anche dopo che lui era entrato. Non si era voltata neanche dopo che lui aveva chiuso la porta, sembrava assorta nei suoi pensieri. Omar si era tolto i pochi indumenti che indossava, si era avvicinato al letto e ne aveva saggiato la consistenza. Lei era sempre girata. Il vestito trasparente lasciava intravedere delle forme aggraziate. Per la prima volta nella sua vita Omar non sapeva come comportarsi. Era rimasto imbambolato vicino al letto, nudo, con una discreta erezione, pronto all'amplesso, d'altronde questo gli avevano insegnato. Lei si era girata lentamente, gli aveva sorriso: "Hai mai pensato a cosa potrebbe esserci oltre le montagne?". La sua voce era dolce, tranquilla. Non aveva aspettato la risposta di Omar, si era rigirata verso la finestra. Omar non sapeva cosa dire, raramente aveva parlato con una femmina da riproduzione. Generalmente il massimo delle sue conversazioni con le altre consistevano in mugoli di piacere e in apprezzamenti più o meno spinti di alcune parti del corpo. Non aveva mai intavolato una conversazione vera e propria. O meglio, di conversazioni ne aveva avute tantissime, ma sempre attraverso la rete virtuale. Era abituato così. Quando non sapeva cosa o come rispondere interrompeva il collegamento per riprenderlo poi, con più calma, in un secondo momento. Omar era rimasto in silenzio, nudo, con una discreta erezione. Iniziava a sentirsi un po' in imbarazzo, per la prima volta non sapeva come comportarsi. Lei si era rigirata un'altra volta e gli aveva sorriso. Non era un sorriso malizioso, era un sorriso vero, lei lo guardava negli occhi, cercava il suo sguardo. Omar non era abituato a tanta intimità. Lei si stava avvicinando sempre guardandolo negli occhi. Lui non riusciva a sostenere gli occhi di lei. I suoi occhi erano profondi, curiosi, belli. Omar aveva abbassato lo sguardo, lei era sempre più vicina. Omar era diventato improvvisamente timido. Mentre lei gli passava accanto un profumo di rose aveva invaso le narici di Omar. "Vuoi mangiare qualcosa? Io ho una fame!" Spiazzato dalla frase Omar aveva annuito senza proferire parola. Lei si muoveva con disinvoltura per la stanza. Da uno scaffale aveva tirato fuori del cibo, bocconcini di carne e verdure. "Beh, vieni?". Omar era imbambolato, lei già si era seduta sul letto, nel lato opposto a quello di Omar. Aveva messo il piatto nel mezzo, aveva preso un boccone di carne con le mani e aveva iniziato a mangiare. Omar si era avvicinato lentamente, come un animale impaurito, non era abituato a tanta ospitalità, né a mangiare insieme ad un'altra persona. Di solito, finiti i suoi compiti di maschi da riproduzione, tornava nella sua stanza a mangiare da solo. Così era stato abituato. Si sentiva a disagio. Era ancora nudo, ma non era più in erezione, lei sembrava non farci caso. Con timidezza aveva preso un pezzo di carne ed aveva iniziato a mangiucchiare. "Buono vero? Certo non è il sapore artificiale della carne che si trova nelle circoscrizioni, ma ha un qualcosa di estremamente invitante e gustoso. Hai visto gli allevamenti oltre il resort?" Omar la guardava con aria interrogativa, non era mai andato oltre il resort. "I capi di bestiame non sono molti, vengono macellati esclusivamente per noi e per i gestori del resort". Omar non aveva mai posto molta attenzione a quello che mangiava. Nella sua abitazione generalmente cucinava cibi già pronti. Bastava metterli nel piatto con un po' d'acqua ed erano commestibili. Nel resort non si era mai preoccupato. Generalmente quando tornava nella sua stanza trovava sempre dei piatti già pronti. Non si era mai chiesto chi li preparasse. Erano lì. Erano per lui. Così era stato abituato. Si sentiva a disagio. Era ancora nudo, ma non era più

in erezione. Lei non sembrava farci caso.
Aveva preso in mano un pezzo di carne ed
aveva iniziato a morderlo. "Buono vero?
Certo, non è il sapore artificiale della carne
che si trova nelle circoscrizioni, ma ha
qualcosa di estremamente invitante e
gustoso. Hai visto gli allevamenti oltre il
resort?" Omar la guardava con aria
interrogativa, non era mai andato oltre il
resort, non aveva idea di cosa potesse
esserci. "I capi di bestiame non sono molti.
Vengono macellati esclusivamente per noi
e per i gestori del resort". Omar non aveva
mai posto molta attenzione a quello che
mangiava. Nella sua abitazione
generalmente cucinava cibi già pronti. Li

metteva nel piatto con un po' d'acqua e così si sfamava. Nel resort non si era mai preoccupato. Generalmente quando tornava nella sua stanza trovava sempre dei piatti già pronti. Non si era mai chi chi li preparasse o da dove venissero. Erano lì, erano per lui. Così era stato abituato. "Sai, dicono che una volta mangiassero solo alimenti coltivati e allevati in maniera naturale, proprio come quelli che mangiamo qua. Una volta non modificavano geneticamente gli alimenti e non li coltivavano chimicamente".

"Sei andata oltre il resort?" Le prime parole che Omar pronunciava. Gli erano uscite fuori con un filo di voce, debole, intimidito. "Quasi per caso. Stavo passeggiando e ho sentito dei rumori che mi hanno incuriosita. Non c'era nessuno a quell'ora. E' proprio lì, oltre il giardino, oltre lo steccato". Mentre diceva queste cose indicava ad Omar la finestra. "Sai, mi sono un po' spaventata all'inizio. Sono grandi quegli animali! C'era un uomo che stava preparando loro da mangiare. No, non era un maschio da riproduzione. Era piccolo, grasso e con dei capelli grigi. Era stupito di vedermi lì. Mi ha chiesto se mi fossi persa e poi mi ha spiegato cosa erano quegli animali. Mi ha detto di essere lui ad occuparsi dell'allevamento e poi della macellazione". "Un uomo piccolo, grasso e con i capelli grigi? Ma non esistono!" Omar si era rilassato, aveva iniziato ad incuriosirsi alla conversazione, aveva addentato un altro pezzo di carne. La guardava negli occhi. Il timore e il senso di inadeguatezza se ne erano andati. "Esistono eccome! Io l'ho visto! Ci ho pure parlato! Non mi credi?" "Mi è difficile. Non ricordi gli insegnamenti che ci hanno dato nel palazzo dell'infanzia? – Solo i più forti e perfetti vivono – Noi siamo il frutto di esperimenti che hanno portato alla nascita della razza perfetta. Noi non invecchiamo. I nostri corpi sono perfetti" "Vieni con me! Dato che non mi credi, vedrai con i tuoi occhi! O hai paura?" Disse mentre si alzava. "Io non ho paura di nulla. Sono un maschio da riproduzione". Lei si stava già infilando la tuta da passeggiata. "Dove vuoi andare?" "Oltre il resort!"

6

Camminavano in silenzio nel giardino. C'erano anche altri maschi e femmine da riproduzione che passeggiavano. Era notte ormai, ma una passeggiata aiutava sempre a distendere i nervi e a riposarsi dalle fatiche della giornata prima di andare a dormire. Omar raramente era uscito nel giardino, non gli piaceva molto incontrare altri fuori dalle stanze di riproduzione. Quando sentiva il bisogno di parlare, preferiva farlo attraverso la rete virtuale. Erano vicini allo steccato. Gli altri esseri umani da riproduzione sembravano non far caso a quello che stavano facendo. Camminavano lungo lo steccato con tranquillità. Arrivati ad un cancello si erano fermati. Il cancello non era facilmente individuabile, ma neanche nascosto. Era raro che esseri umani da riproduzione si spingessero fino a quel punto dello steccato. Il cancello si apriva facilmente. Tre passi. Erano fuori dal resort. Omar aveva iniziato a sentire i rumori di cui lei aveva parlato. Erano mugolii strani, mai sentiti prima. Aveva timore a proseguire. Non era tanto il vietato a bloccarlo, ma la paura di scoprire qualcosa che avrebbe potuto sconvolgerlo. Lei era più tranquilla, sapeva cosa c'era oltre il resort, ma tremava. Aveva perso un po' della sua sicurezza. Si era avvicinata di più ad Omar dicendogli che l'aria della notte era troppo rigida per lei ed iniziava ad avere freddo. Omar avrebbe voluto quasi tornare indietro, ma era un maschio da riproduzione, aveva il suo orgoglio da difendere. Avanzavano lentamente. In un recito poco distante, animali stranissimi, enormi, brucavano l'erba. Camminavano in silenzio lungo il recinto di legno. In lontananza delle costruzioni in legno, capanne, niente di moderno, semplici pezzi di legno messi l'uno accanto all'altro come a voler offrire un riparo dalle intemperie. Non avevano mai visto niente di simile. Nell'aria c'era un odore strano, acre. La sensazione che dava quello che vedevano era di squallore. I mugolii provenivano da quelle costruzioni. Sembravano mugolii da sesso, ma osceni, incomprensibili, rumorosi, niente di simile ai rumori a cui erano abituati. Erano rimasti immobili, fermi, senza proferire parola. Una figura in lontananza si stava avvicinando. Davanti a loro, quasi all'improvviso si era materializzata la figura di un uomo basso, grasso, dai capelli bianchi, sporco e maleodorante. "Sei tornata con il tuo amico?" Lei era rimasta in silenzio, l'immagine di quell'uomo la disgustava. L'odore che emanava le dava la nausea. Omar guardava il vecchio con ribrezzo

"Cosa sono questi rumori? Cosa è questo posto? Chi sei tu?" Aveva domandato a raffica, pronunciando quelle parole con un filo di voce, quasi intimorito e spaventato. Dopo una grossa risata, sguaiata e oscena agli occhi dei due, il vecchio aggiustandosi i pantaloni e sputando per terra aveva iniziato a rispondere "Quelli sono gli animali che voi mangiate. Carne fresca. Allevati secondo i vecchi metodi e i rumori che sentite sono quelli degli animali che si accoppiano. Rocco è in forma oggi! Lo ho già messo nella stalla di tre femmine. Se sarà ancora in forze lo porterò dalla quarta!"

Omar era incuriosito, ma ancora sconvolto.
"Qua non utilizziamo la chimica per la riproduzione degli animali. Usiamo il vecchio metodo!". Mentre il vecchio pronunciava queste parole mimava in maniera oscena l'atto sessuale. "Fanno quello che fate voi!" Aveva aggiunto ridendo. "Sentite come è in forma Rocco oggi! Un maschio da riproduzione eccezionale!" Al sentire quelle parole Omar si era bloccato. Si era sentito come quell'animale, niente di speciale, niente di unico. "Peccato che fra un paio di anni Rocco non sarà più in grado di fare il suo dovere e dovremo pensare ad un altro compito per lui". Mentre diceva queste

ultime parole aveva avvicinato la mano al collo e mimato il taglio della testa. "Carne fresca per voi, per mantenervi in forze!". Il vecchio rideva e sputava per terra dopo ogni parola che diceva. La saliva che non cadeva a terra rimaneva sulla sua faccia facendolo assomigliare ad un figura grottesca. Asciugava la bocca con le mani paffute e sporche e continuava a parlare. Lei era rimasta in silenzio ad ascoltare. Brividi le attraversavano la pelle. La sua ingenua curiosità di scoprire cose nuove si stava trasformando in paura. Anche lei alla fine era come quegli animali, nella sua stanza, in attesa del maschio. "Alla fine, ve lo hanno spiegato, quando non si è più utili

siamo tutti destinati ad altri compiti"
guardando verso gli animali il vecchio con
una voce quasi strozzata continuava a
parlare "meglio la loro di fine, che la
vostra... ma su non pensateci, prendete!
Questo è un vecchio rimedio contro i
pensieri". Il vecchio aveva passato una
bottiglia nelle mani di Omar, che se la stava
avvicinando alla bocca. Un odore forte e
pungente proveniva dal suo interno. Omar
aveva la gola secca, pensava fosse acqua.
Beveva a gran sorsate, il corpo bruciava
terribilmente. Non si era reso conto subito
di cosa fosse, non gli piaceva quel liquido,
ma era assettato e poi il suo corpo si stava
abituando a quella sostanza. Il vecchio lo

guardava divertito. "Dimentico sempre che ancora non vi è dato di conoscere e di bere il nettare degli dei. Passa la bottiglia anche alla tua amica, non vorrai bere da solo". Un calore strano aveva pervaso i loro corpi. Si sentivano più rialssati, più tranquilli. Avevano voglia di abbracciarsi. Il vecchio li osservava come si osservano due animali. Il suo ruolo, d'altronde era quello del custode. "Vi lascio la bottiglia, io per stasera ho bevuto abbastanza. Non rimanete troppo fuori, la notte è fredda per chi non è abituato". Si era allontanato ridendo. Erano rimasti soli. Avevano ancora metà bottiglia, volevano tornare indietro, ma dopo pochi passi si erano ritrovati a terra, sull'erba. Omar la guardava negli occhi. Un bacio, uno sfiorare di labbra, un abbraccio forte lungo quanto l'eternità. Omar aveva iniziato a leccarle il collo, mentre con una mano le sfilava la tuta. I capezzoli di lei erano turgidi per l'eccitazione. La lingua di Omar si spostava sapientemente sul suo seno. Lei era calda e bagnata. Omar era entrato in lei con decisione. Lei lo sentiva perfettamente dentro. Ansimava. Il respiro era rotto e affannoso. Movimenti lentissimi, come non avevano mai fatto, un susseguirsi di sensazioni ed emozioni. Non riuscivano a trattenersi. Lei urlava. Lei godeva di quell'amplesso, ma non faceva in tempo a riprendersi, che veniva invasa da un nuovo fremito, un nuovo orgasmo. Gemiti e guaiti risuonavano nell'aria e si perdevano con i mugolii degli animali. Non si erano uniti solo i loro corpi. Si erano unite le loro menti. Spossati, stanchi, nudi, abbracciati, distesi sull'erba avevano ripreso a respirare regolarmente. Immobili si guardavano negli occhi. Sembrava passata un'eternità. Dovevano alzarsi. Con un lieve movimento della testa, quasi in sincrono, avevano rivolto lo sguardo al cielo. Lo stupore. Non avevano mai visto le stelle. La bottiglia accanto a loro era vuota.

7

Omar era pensieroso. L'attesa del permesso speciale lo stava logorando dentro. Non era mai stato così ansioso. Era anche normale, stava per andare contro il sistema, contro gli immaginabili, contro tutta la sua vita. Non si era mai posto troppe domande. Sapeva di essere un maschio da riproduzione e di essere bravo nel suo compito. Sapeva bene che un giorno non sarebbe più stato in grado di svolgere i suoi doveri, ma sapeva che il Ministero o gli Immaginabili avrebbero trovato un'adeguata sistemazione per lui. Chissà magari lo avrebbero mandato a combattere contro i cinesi, voci dicevano che il fronte orientale era sguarnito. Il deserto non era più un confine sicuro. Ma cosa c'era oltre il deserto? Da quello che sapeva lui, solo lande desolate distrutte dalla guerra. Si era sempre chiesto perché i cinesi attaccassero proprio da quel lato. O magari lo avrebbero mandato come colono nelle terre oltre oceano. Le terre oltre oceano lo avevano sempre affascinato. Luoghi di riposo per gli esseri umani da riproduzione, luoghi fantastici dove vivere. Riflettendoci bene, sapeva poco anche su quei luoghi. Aveva visto solo gli spot che circolavano nella rete virtuale. "Dopo un lungo servizio, un lungo riposo". Lo slogan era affascinante. I paesaggi dello spot sembravano quelli del Resort sulle Alpi, le persone sembravano felici, fisici sempre perfetti, capelli brizzolati, puliti, aitanti, perfetti. Niente a che vedere con il vecchio che aveva visto nel Resort. Ogni volta che ci ripensava veniva assalito da un senso di ansia e di disgusto. Ma ora non aveva tempo di pensare a queste cose. Stava aspettando un permesso speciale. Aveva preparato tutto nei minimi dettagli. Sarebbe stato semplice. Si auto convinceva. E comunque sarebbe stato con lei. Ripensava a lei e si tranquillizzava. La sognava la notte. La pensava di giorno. L'aveva contattata attraverso la rete virtuale pornografica. Gli ci erano voluti due giorni per trovarla, non sapeva il suo nome, non sapeva neanche in quale circoscrizione vivesse. Aveva solo il ricordo dei suoi occhi, del suo volto, del suo corpo. Riuscì a trovarla quasi per caso. Le inviò subito una richiesta per sesso virtuale, aveva paura che si rifiutasse di accettare una semplice conversazione. Sapeva bene che nessuno degli esseri umani da riproduzione poteva rifiutarsi davanti ad una richiesta da sesso virtuale. Gli Immaginabili monitoravano la rete e avrebbero trovato strano un comportamento del genere. Una volta era capitato pure ad Omar. Non aveva risposto alla richiesta di sesso virtuale da parte di una donna da riproduzione. Aveva rifiutato la richiesta. Venne contattato quasi immediatamente dalla Polizia degli Immaginabili per dare spiegazioni. Una voce anonima, metallica chiedeva chiarimenti in merito al rifiuto. Non sapendo bene cosa rispondere iniziò a giustificarsi dicendo di aver già preso un appuntamento con un'altra femmina da riproduzione durante un precedente incontro. Gli Immaginabili non controllavano le sedute di sesso virtuale, così gli esseri umani da riproduzione nei momenti di intimità potevano parlare di quello che volevano. Anche le chat scomparivano una volta chiusa la sessione. Gli Immaginabili monitoravano solo i numeri e le richieste di incontri nella realtà virtuale. Dentro le stanze virtuali erano abbastanza liberi. Omar aveva visto giusto, infatti poco dopo l'invio della richiesta lei aveva risposto ed accettato.

"Ciao timidone, ce ne hai messo di tempo per trovarmi eh?" "Non sapevo neanche il tuo nome!" Nella rete virtuale Omar era più sicuro di sé, più intraprendente. "Non ti sei comportata bene" "Almeno così non ti dimenticherai mai più di me". Lo guardò attraverso lo schermo dritto negli occhi facendogli una linguaccia e sorridendo nella maniera più dolce e sensuale possibile. "Allora, non mi vuoi proprio dire come ti chiami Afrodite69? O è questo il tuo vero nome?" "Perché non provi ad indovinare Adamleo347? O preferisci essere chiamato Omar?"

8

Omar rimase momentaneamente in silenzio. Come faceva a conoscere il suo nome? Forse quella notte oltre il resort, dopo aver bevuto quello strano liquido le aveva detto di chiamarsi Omar e forse, magari, lei gli aveva detto il suo vero nome. Ma non ricordava nulla. Qualche barlume riaffiorava, ma c'era un vuoto spaventoso nella sua testa. Ricordava di essersi svegliato la mattina dopo nella sua stanza. Lei non c'era. Si era precipitato fuori, era andato verso la stanza di lei. L'aveva vista fuori, con le altre femmine da riproduzione. Si stavano imbarcando per tornare verso le loro circoscrizioni. La loro permanenza li era terminata. Omar sarebbe partito il giorno dopo. Aveva provato ad avvicinarsi, ma alcuni Immaginabili gli si fecero incontro chiedendogli dove stesse andando. Era presto ancora. Si era giustificato dicendo che si era svegliato con una voglia di sesso più forte del solito e stava cercando una femmina sveglia. Gli Immaginabili sorrisero: "Questa stanno tornando alle loro circoscrizioni, prova di là, magari qualcuna sveglia la trovi". Rassegnato Omar si era allontanato lanciando un ultimo sguardo alla donna misteriosa con cui aveva passato la notte.

Forse anche lei si era girata per guardarlo un'ultima volta. Omar non si era perso d'animo. Sapeva che l'avrebbe ritrovata attraverso la rete virtuale. "Sei andata via prima che potessi venire a salutarti!" "Ti ho visto, ti ho pure sorriso, non te ne sei neanche accorto vero?" "Non ne ero sicuro. Comunque tu sai il mio nome, io ancora non so il tuo." "Indovina". Il gioco stava intrigando Omar, vedeva solo la faccia di lei nello schermo, trucco leggero, capelli raccolti, due occhi profondi e vivi. Avrebbe voluto vedere il suo corpo, chissà cosa aveva indossato, chissà se era nuda. Beh, d'altronde le aveva inviato una richiesta di sesso, quindi si, doveva essere nuda. Ricordava il suo corpo, le sue forme generose, i suoi seni prosperosi, la pancia piatta, le natiche provocanti, le gambe deliziose. Avrebbe voluto vederla in tutta la sua bellezza. E poi era affascinato dalla sua personalità. Le sue provocazioni e le sue parole riuscivano a sconvolgerlo. Una serie di sentimenti contrastanti, che non aveva mai provato si stavano facendo strada nella sua mente. Sapeva che era vietato provare queste emozioni. Selene era stata molto chiara. Gli aveva spiegato che una volta uomini e donne vivevano insieme, avevano relazione monogame. Erano uniti da un sentimento strano chiamato amaore. La parola amore ora era proibita. Selene l'aveva pronunciata una sola volta. Amare era vietato. L'amore era stato abolito, non era concesso innamorarsi, non era concesso avere una relazione che andasse oltre l'atto riproduttivo. Se si veniva scoperti a provare sentimenti, si poteva essere allontanati dalle circoscrizioni. Espulsi. Esclusi dalla comunità. "Allora non indovini? Dimentico sempre che voi maschi da riproduzione avete poca fantasia. Dai ti do un aiutino. Ho il nome di una vecchia pianta medicinale. Una delle poche rimaste ancora oggi..." "Melissa!" "Bravo! Hai indovinato... e non ti piacerebbe vedermi per intero? O il mio corpo non ti interessa più?" Melissa alle curve da capogiro abbinava un carattere tutto pepe, un mix tra spontaneità e trasgressione. Cosciente del suo corpo perfetto non nascondeva il piacere che provava nel farsi osservare, ammirare, desiderare. Ogni suo gesto era naturale. Non c'era niente di osceno nei suoi atteggiamenti. Questo, in particolare, aveva affascinato Omar.

Senza aspettare risposta Melissa si spostò. Tutto il suo corpo era a disposizione di Omar. Indossava solo una vestaglia completamente trasparente, nuda sotto, i capezzoli ben eretti premevano sul tessuto quasi inesistente. Si girò, lasciò che Omar ammirasse le sue natiche provocanti. Di

spalle, girò la testa"Era questo che volevi?"
No, non era quello che voleva Omar,
voleva parlare con lei. Sentiva che l'unica
persona in grado di capirlo era lei. Era
l'unica in grado di far uscire fuori i suoi
pensieri più nascosti, le sue paure, i suoi
dubbi. Sapeva che solo con lei sarebbe
potuto essere realmente se stesso.

9

Omar era sempre più pensieroso, non capiva questa attesa. Di solito, quasi subito dopo l'invio della richiesta di permesso speciale, arrivava una risposta automatica "Pratica inoltrata" e subito dopo "Pratica accettata". La burocrazia in questi casi era sempre molto veloce. Non capiva questo ritardo. Gli venne il dubbio di non aver inviato correttamente la richiesta. Si avvicinò alla parete virtuale, scandì bene le parole "Visualizza richieste". Dalla parete virtuale uscì l'immagine a 4 dimensioni del suo profilo. Lanciò una rapida occhiata al denaro che ancora gli rimaneva rimpiangendo di non averne speso di più. Chissà se poi avrebbe avuto possibilità di accedere al suo profilo. Sapeva che avrebbe dovuto contare solo sulle sue forze. Visualizzò le richieste e si accorse che non aveva completato l'ultima parte, quella riguardante le preferenze alimentari per il soggiorno nel resort. Nella fretta e nell'ansia si era dimenticato del particolare. Spostò con la mano l'immagine a 4 dimensioni che si era materializzata al centro della stanza e con voce tremolante pronunciò "Modifica".

Senza riflettere molto: "Preferenze alimentari: carne". Una voce preimpostata: "Inviare pratica?". Con un filo di voce: "Sì". Pochi secondi dopo la stessa voce "Pratica inoltrata". Non ebbe neanche il tempo di riflettere su quello che aveva appena fatto che la solita voce: "Pratica accettata". Ce l'aveva fatta, di lì a poco sarebbe partito per i Pirenei. Aveva paura che proprio la stranezza della sua richiesta avesse insospettito gli Immaginabili, invece era stata una semplice dimenticanza. I resort si trovavano nelle catene montuose della Federazione, gli unici posti dove la nube nera non aveva effetti. Ognuno poteva scegliere, per le uscite speciali, in quale resort andare. Generalmente gli esseri umani da riproduzione erano abitudinari, preferivano andare sempre negli stessi resort, anche quando si trattava di richieste speciali. Non avevano molto desiderio di avventura e di novità. Omar era pronto. Sarebbe andato nei Pirenei e l'avrebbe rivista.

10

La disinfestazione lo aveva scombussolato completamente. Aveva vomitato più delle altre volte. Il viaggio era stato relativamente tranquillo, forse un po' più lungo di quello per raggiungere le Alpi. I vetri oscurati del treno non permettevano di vedere il tragitto, ma Omar sapeva che fuori non c'era niente. Desolazione, niente di niente. La guerra aveva distrutto ogni cosa. La nube nera rendeva impossibile qualsiasi intervento di ricostruzione. I nuovi territori dove venivano fatti interventi erano le isole oltre la Federazione. Alcuni dicevano che una volta quelle isole facevano parte di un continente vastissimo e potentissimo, ma ormai sepolto dalle acque. Lo spostamento dell'asse terrestre aveva sciolto i vecchi ghiacciai e l'acqua aveva ricoperto il vecchio continente lasciando solo un arcipelago di isole, le colonie della Federazione. Era lì che gli esseri umani andavano a vivere una volta che diventavano inabili a contribuire al bene della comunità. Nel treno dai vetri oscurati c'erano postazioni per accedere alla rete virtuale e accanto ad ogni posto tutto il necessario per prepararsi qualcosa da mangiare. Pillole soprattutto e qualche bustina di cibo liofilizzato da sciogliere in

acqua. I compagni di viaggio erano
taciturni; non che Omar avesse
particolarmente voglia di parlare, ma per i
suoi gusti c'era troppo silenzio. La maggior
parte dei compagni di viaggio era assorta
nella rete virtuale o mangiava qualcosa. Nel
vagone c'erano solo maschi da
riproduzione. Anche per gli spostamenti gli
Immaginabili erano molto chiari: maschi e
femmine dovevano viaggiare separati.
Sembrava un carro bestiame. L'ultima volta
che aveva rivisto Melissa nelle Alpi erano
tornati a vedere gli allevamenti di bestiame,
sentivano loro quel posto. Quelle bestie li
spaventavano e li affascinavano allo stesso
tempo. Il fascino del proibito li eccitava

entrambi. Avevano rivisto il vecchio. Puzzava più dell'altra volta. Era seduto su una sedia vecchia, mezza rotta, in terra varie bottiglie vuote. Non sembrava averli riconosciuti. Parlava fra sé, vaneggiava, sguardo triste e spento, probabilmente li aveva confusi con altri. "Domani li caricherò sui carri bestiame. Ho già preparato il cibo per il viaggio. Forse farò una selezione dei maschi più prestanti, così che possano fare il loro dovere anche in altri resort. Forse farò anche un vagone di sole femmine." Melissa e Omar erano rimasti in silenzio e lo avevano guardato confusi "A volte mi prende tristezza se penso alla sorte in serbo per quelli del resort. Questi sono animali non credo soffriranno o almeno non se ne renderanno conto". Il vecchio continuava a parlare fra sé e Omar e Melissa avevano iniziato a guardarsi spaventati. Quale sorte era in serbo per loro? Cosa intendeva il vecchio? Non riuscivano a parlare. Impietriti, impalliditi completamente si erano abbracciati fortissimo, quasi a voler cercare conforto. I loro cuori battevano in maniera incessante. Barcollando e cercando qualcosa con le mani nella tasca dei pantaloni il vecchio continuava a parlare "Ma alla fine è questo il mio ruolo. Che ci posso fare io? E per fortuna che questo resort ancora non è stato raggiunto dai ribelli. Li vogliono liberare, per portarli chissà dove, oltre l'oceano dicono, ma oltre l'oceano non c'è nulla. Illusi. Per fortuna io non sono mai stato nei Pirenei, è da lì che quei bastardi hanno iniziato i loro atti terroristici. E' da lì che i primi sono scappati. Sia maledetta Marylin, quella dannata femmina da riproduzione e il suo gruppetto di miserabili ribelli. Per fortuna che sono qua. Dice che ne ha già uccisi una ventina di custodi come me. Dannata Marylin". Il vecchio continuava a bere e a farfugliare frasi senza senso che ormai i due non riuscivano più a capire. Omar e Melissa si erano guardati spaventati, era inutile rimanere lì, si erano allontanati in silenzio. Domande albergavano le loro menti. Che sorte era prevista per loro? Cosa stava accadendo nei Pirenei? Chi erano i ribelli? Chi era Marylin?

11

Il viaggio procedeva tranquillo. Omar era teso. Fingeva di dormire. Ogni tanto quando apriva gli occhi vedeva i suoi compagni di viaggio persi nella rete virtuale. Qualcuno dormiva, due parlavano, non capiva bene di cosa, uno aveva messo il cibo liofilizzato in un contenitore d'acqua. Un odore acre e nauseabondo aveva invaso il vagone. Omar non si era ancora ripreso dalla disinfestazione, qualsiasi odore gli dava la nausea. Non aveva voglia di mangiare. Non aveva voglia di entrare nella rete virtuale. Non aveva voglia di dormire. Era lì. Solo con i suoi pensieri. Il viaggio sembrava interminabile. Non vedeva l'ora di rivederla, di stare ancora con lei. Nella sua mente era tutto molto semplice: sarebbe arrivato nei Pirenei, sarebbe andato da lei, avrebbero trovato i ribelli e sarebbero scappati. Non si era posto nessun problema. Quella era la strada da percorrere. L'idea era stata di Melissa. Quando ne avevano parlato Omar era rimasto scettico, magari il vecchio si era inventato tutto. La loro sorte sarebbe stata quella di cui gli avevano parlato fin da piccoli: terminato il loro compito di esseri umani da riproduzione sarebbero stati trasferiti o nell'esercito o in altre circoscrizioni ad occuparsi di lavori manuali e poi avrebbero avuto il loro riposo nelle colonie. Mentre ragionavano di questo Melissa lo aveva guardato negli occhi: "Sai, dalla prima volta che ti ho visto ho sentito qualcosa dentro di me. Ti ho amato fin da subito. Quella notte è successo qualcosa. Io sento di non poter vivere senza di te e poi avevo una sensazione. Dentro di me sta crescendo un figlio. E' nostro. Da quella notte non sono andata con nessun altro maschio da riproduzione. Dentro di me sta crescando una vita e non voglio che mi venga portata via. E' il frutto del nostro amore." Omar era rimasto in silenzio. Anche per lui

Melissa era importantissima, la amava, anche se faticava ad ammetterlo. La notizia della gravidanza lo aveva riempito di gioia, l'aveva abbracciata forte. Erano scoppiati entrambi a piangere. Melissa ripeteva: "Non voglio che mi venga portato via, è nostro, solo nostro". Omar sapeva bene a cosa si riferiva Melissa. Gli Immaginabili le avrebbero preso il feto. Era così. Loro erano solo degli esseri umani da riproduzione. La legge era chiara. Al terzo mese di gravidanza Melissa sarebbe stata portata in una clinica. Gli immaginabili avrebbero preso il feto e lo avrebbero portato al pieno sviluppo in maniera artificiale. Tutto questo era necessario. Gli

Immaginabili non potevano permettere che una femmina da riproduzione smettesse di produrre. Il feto sarebbe stato cresciuto e portato al pieno sviluppo nelle cliniche degli Immaginabili, sarebbe stato selezionato, curato ed inserito nella comunità in base al suo patrimonio genetico e alla sua indole. Così era e così doveva essere. Omar sapeva di dover salvare suo figlio. I ribelli li avrebbero certamente aiutati. I controlli alle femmine da riproduzione venivano fatti ogni tre mesi. Il tempo dei controlli sarebbe scattato dopo il soggiorno nei Pirenei. Gli Immaginabili, pensava Omar, ancora non sapevano nulla, ma presto avrebbero scoperto il tutto. Melissa aveva mascherato bene la gravidanza. Era riuscita a mascherare nausee e vomito ai controlli medici periodici. Non c'erano pericoli. Nei Pirenei avrebbero avuto tutto il tempo per organizzare la loro fuga. Non sapevano verso dove stavano andando, ma sapevano che lo stavano facendo insieme.

Il viaggio era ancora lungo. Omar non riusciva a smettere di pensare alla vita che stava crescendo nel corpo di Melissa. Emozioni incredibili lo sconvolgevano. Sapeva di averne ingravidate tante di femmine da riproduzione, ma non ci aveva mai pensato troppo. Quello era il suo compito, lo sapeva. E poi nessuna mai gli aveva comunicato di essere incinta. Anche per le femmine da riproduzione era una cosa normale. Routine. Gli immaginabili avevano programmato e calcolato ogni nascita in maniera meticolosa. Ogni femmina sapeva che ogni tre mesi avrebbe dovuto dare il feto che teneva in grembo. Nessuna si preoccupava del destino riservato ai propri figli. Così era. Quello era il loro compito. Produzione in serie di esseri umani sani e geneticamente perfetti. Omar e Melissa stavano sfidando gli Immaginabili, lo sapevano, ma oramai non potevano tornare indietro.

Il treno si era fermato d'improvviso. Omar era impaurito. Lo avevano scoperto? No, impossibile, era stato attentissimo. Nella rete virtuale non aveva mai menzionato i suoi propositi, lo sapeva che gli Immaginabili avevano accesso ai profili di tutti. Anche quando parlava con Melissa attraverso la rete era sempre molto attento. Avevano progettato la fuga fuori dal resort, vicino agli allevamenti degli animali. Erano sicuri che lì non ci fossero sistemi di controllo. Tornati nelle circoscrizioni, ogni volta che si trovavano nella rete virtuale utilizzavano un linguaggio in codice. Era impossibile che avessero capito i loro piani, ma sapevano bene che gli Immaginabili

erano pieni di risorse. Il treno era fermo.
Omar si era alzato con la scusa di
sgranchirsi le gambe e si era diretto verso la
porta. Preferiva essere ucciso dalla nube
nera che finire nelle mani degli
Immaginabili. Erano rari, ma c'erano stati
dei casi di esseri umani da riproduzione che
erano andati contro la comunità. Venivano
presi, interrogati, privati di ogni diritto,
espulsi dalle circoscrizioni, rinchiusi in
zone buie. Omar aveva visto numerosi
speciali nella rete virtuale che raccontavano
la sorte in serbo a chi andava contro gli
Immaginabili. Le immagini e i video che si
trovavano nella rete lo avevano
terrorizzato. Sempre più vicino alla porta

del treno era pronto a saltare giù. La porta
non era sigillata come pensava, una fessura
poco più grande di un dito lasciava vedere
fuori. Incuriosito aveva avvicinato l'occhio
alla fessura. Fuori non c'era il deserto e la
desolazione di cui gli avevano parlato fin da
piccolo. Dopo aver aguzzato lo sguardo si
accorse di alcune figure in lontananza. La
luce era debole, non c'era nessuna nube
nera. Le strane figure in lontananza
sembravano dei palazzi. Guardò meglio.
Era impossibile. Tutto era andato distrutto
durante la guerra, lì fuori doveva esserci
solo deserto, aridità e la coltre nera che
aveva fatto rintanare gli esseri umani nelle
circoscrizioni. Però più guardava quelle

figure più gli sembravano costruzioni e gli
sembrò anche di vedere delle forme
muoversi. Era impossibile. Mentre
elaborava questi pensieri il treno era
ripartito velocemente. Tornato al suo posto
fu preso dall'agitazione. Dove si erano
fermati? Perché? Perché fuori non c'era la
nube nera?

12

Il resort nei Pirenei non era diverso da quello delle Alpi. Appena arrivato si era subito diretto verso la stanza a lui assegnata guardandosi intorno per capire come e dove avrebbero potuto trovare il ribelli. Iniziava a dubitare della loro esistenza. Il Resort era uguale a quello delle Alpi. Nel giardino c'erano alcune coppie che stavano camminando, forse anche lì c'era lo steccato e un passaggio per gli allevamenti degli animali. Sapeva che era da lì che doveva iniziare a cercare, ma si sentiva osservato. Appena entrato in camera si era gettato nel letto. Sarebbe voluto correre subito da Melissa, ma aveva paura di destare troppi sospetti. Camminando nervosamente per la stanza comunicò al monitor che era arrivato e dopo aver visualizzato la zona femminile prenotò Melissa. La rete virtuale del Resort permetteva di vedere in quale stanza si trovavano le femmine, se erano arrivate e se erano disponibili. Accanto al nome una foto più o meno provocante e una breve descrizione dovevano invogliare i maschi da riproduzione a selezionare la femmina più interessante. Melissa era arrivata da poco, ma aveva subito confermato la prenotazione. Omar era rimasto ancora un po' in stanza prima di uscire, voleva portarle un regalo, ma non sapeva cosa. Staccò un pezzo della sua camicia e lo ridusse ad una strisca sottile di stoffa. Sarebbe stato un braccialetto perfetto. Uscì dalla stanza. Non vedeva l'ora di rivederla. Il cuore batteva all'impazzata, provava a concentrarsi nella camminata, doveva rimanere o almeno sembrare calmo. L'ultima che si erano visti sulle Alpi, prima di ricevere le sconcertanti rivelazioni del vecchio custode, appena arrivato era subito corso da lei. Alcuni Immaginabili lo avevano guardato con fare interrogativo: "Guarda che non ti scappano le femmine!" Non aveva dato molto peso a quelle parole.

Solo dopo aveva pensato al rischio che poteva correre nel caso avessero deciso di fermarlo ed interrogarlo. Appena arrivato nella stanza, aveva trovato Melissa che stava preparando da mangiare. Stava allestendo per due. Lo stava aspettando. Aveva posizionato il tavolo vicino alla finestra. La sola luce che entrava nella stanza era quella debole del sole. Melissa era affascinata dal sole. Nelle circoscrizioni le uniche fonti di luce erano quelle artificiali. Nei Resort preferiva lasciare che la luce solare entrasse dentro la stanza, senza mai accendere nulla di artificiale. Lo guardò vogliosa. Melissa era nuda, i seni prorompenti, i capezzoli eretti, depilata completamente ad eccezione di un leggero ciuffo di peli sul monte di Venere. Guardò Omar, ancora vestito, con uno sguardò lussurioso che lo eccitò subito. Omar si avvicinò, un'erezione spaventosa si intravedeva attraverso i vestiti. Avrebbe voluto prenderla subito e gettarla sul letto. Melissa con una naturalezza disarmante: "Puoi sistemare le verdure?", passandogli un contenitore "Io prendo la carne". Omar era rimasto imbambolato con il contenitore delle verdure in mano, mentre lei si spostava verso la carne. Omar lasciò cadere il contenitore "Eh no!" e la prese per un braccio facendola girare e stringendola a sé. "Non ero sicura di piacerti ancora" I loro sguardi si incontrarono, Omar non rispose, la tirò ancora più a sé e la baciò con foga.

"Ti sono mancata?" disse Melissa sfiorando la prepotente erezione di Omar "o ti è mancato solo il mio corpo'" Omar non la lasciò terminare di parlare.

13

Omar era entrato nella stanza, Melissa era alla finestra. Per un momento credette di essere tornato indietro nel tempo, alla prima volta in cui l'aveva vista. Appena sentì la porta richiudersi, Melissa si lanciò fra le braccia di Omar. Melissa profumava di fresco, Omar si rese conto di non essere neanche risciacquato dopo il viaggio. Stava per allontanarsi da lei. "Mi piace il tuo odore". Rimasero abbracciati per alcuni minuti, poi guardandosi negli occhi "Sei sicuro di voler rischiare tutto per me?" "Per voi" rispose Omar accarezzando la pancia di Melissa. "Guarda", Melissa gli diede in mano quello che ad Omar inizialmente sembrò un pezzo di stoffa rigido. "E' carta! Ci avevano detto che non esisteva più, che non era possibile riprodurla ed invece guarda" Affascinato Omar guardava quello che Melissa gli stava mettendo in mano. Un foglio di carta bianco con sopra disegnati di giallo una freccia, un sole e una stella. "Chi te lo ha dato?" "Una femmina da riproduzione che ho trovato appena arrivata qui. Mi ha detto che le risposte alle mie domande sono scritte qua. Volevo chiederle cos intendesse, ma si sono avvicinati degli immaginabili. Ho avuto paura che mi facessero delle domande." "Forse è un segno dei ribelli, chissà quale è il suo significato." Omar continuava a guardare il disegno. Il giallo dei disegni era intenso. La freccia, il sole e la stella erano stilizzati. "Tieni, questo è per te" Omar tirò fuori la striscia sottile di stoffa che aveva ricavato da un pezzo della sua camicia e la legò attorno al braccio di Melissa. "Sarà il simbolo della nostra unione, un cerchio che non dovrà rompersi mai." Lacrime solcarono il volto di Melissa. "Ti am" Omar la interruppe con un bacio Si avvicinarono al letto tenendosi per mano, sorridendo e singhiozzando dalla felicità. Occhi lucidi, corpi tremanti.

Era notte. Melissa aprì la finestra. L'aria fresca entrò nella stanza. Omar dormiva, esausto e felice. Melissa guardava il cielo, una coperta sulle spalle, il corpo nudo. Pensieri albergavano nella sua testa. Un rumore in lontananza, due esseri umani da riproduzione stavano camminando per tornare alle loro stanze, parlavano. Melissa si ritrasse dalla finestra, non voleva essere vista. I due in quel momento si erano fermati a parlare. Melissa li osservava dalla penombra della sua stanza. D'improvviso la felicità nel suo volto. Ai piedi dei due esseri umani da riproduzione su una pietra corrosa dal tempo vide il simbolo dipinto.

Non era giallo acceso, ma il simbolo era ben riconoscibile. Svegliò subito Omar.

14

Fuori l'aria era fresca. Avevano indossato vestiti leggeri. La brezza notturna era piacevole, anche se il vento, quando arrivava improvviso, li faceva tremare. I due esseri da riproduzione che aveva visto Melissa non c'erano più. Andarono verso la pietra con il simbolo. Da lì era difficile distinguerla dalle altre. Solo dall'alto si faceva caso agli strani segni lì presenti. Si misero ad osservare la pietra. Non c'erano dubbi. Il simbolo era quello. La freccia indicava una zona buia. Chissà dove li avrebbe condotti. Provarono ad incamminarsi verso la direzione che suggeriva la freccia. I resort della Federazione erano tutti uguali. Sapevano che si stavano allontanando dagli alloggi per andare nella zona adibita a giardino. Era notte, non sapevano se stavano percorrendo la giusta direzione. Videro in lontananza la staccionata. Tremarono al pensiero di poter incontrare un altro guardiano vecchio e maleodorante. Arrivarono davanti alla staccionata. Non c'erano aperture, ma sembrava che la strada che avevano percorso fino lì proseguisse oltre. Le pietre che stavano calpestando sembravano posizionate secondo un preciso disegno. Erano troppo precise e ordinate per essere naturali, qualcuno doveva averle sistemate quasi a voler creare una strada. La staccionata non sembrava eccessivamente alta, anche perché a nessuno degli esseri umani da riproduzione sarebbe mai venuto in mente di andarsene dalla sicurezza, dalla comodità e dai piaceri del resort. Omar cercò degli appigli per scalare la staccionata. Voleva essere sicuro di potercela fare. Di giorno era impensabile, avrebbero potuto essere visti. L'unica alternativa era tentare la fuga di notte, ma voleva essere sicuro che ci fosse qualcosa dall'altra parte. Avrebbe potuto utilizzare gli occhiali, ma aveva paura di essere rintracciato, non avrebbe saputo giustificare una "ricerca" del genere. Gli occhiali erano ormai il mezzo utilizzato da tutti per connettersi alla rete virtuale quando non erano dentro le abitazioni. Erano ormai in disuso, nessuno usciva più di casa e la connessione alla rete attraverso gli occhiali era sempre molto lenta. Omar e un po' tutti gli altri esseri umani da riproduzione li utilizzavano soltanto durante i periodi in cui andavano nei resort. Era comodo durante le passeggiate ordinare la cena, chiedere di ripulire i vestiti o guardare il mondo dall'alto. I resort erano molto grandi e a volte per cercare la femmina giusta Omar ricorreva agli occhiali, che dopo avergli indicato la sua posizione gli suggerivano le femmine più appetibili che si trovavano nelle vicinanze. Stavolta non poteva ricorrere all'aiuto degli occhiali. Scoraggiato dalla mancanza di appigli per scalare la staccionata, iniziò a pensare ad un sistema alternativo. Non vedeva soluzioni. Aveva bisogno di più tempo. Preso dallo sconforto e dalla rabbia diede un calcio alla staccionata. Gli sembrò che qualcosa stesse cedendo, ma la staccionata pur essendo di legno era fin troppo resistente. Non era comunque il sistema più silenzioso. Si girò. Melissa non c'era. Sconforto e paura. Improvviso sentì un rumore provenire dall'alto, un centinaio di metri più in là da dove si trovava lui.

Pensò di essere stato scoperto. Stava per scappare, quando riconobbe il corpo di Melissa sopra la staccionata. Non sapeva come, ma era riuscita a salire.

15

Nella stanza Omar era agitato. Non sapeva cosa li aspettava fuori. Prese tutto il cibo presente nella stanza, lo avvolse in un lenzuolo e ne fece una sorta di sacca. L'acqua era il problema più serio, non sapeva quanta portarne e come portarla. Melissa era eccitata. Aveva trovato il passaggio verso la fuga. Anche lei aveva recuperato dalla sua stanza quanto più cibo possibile. La preoccupavano le scarpe. Le femmine da riproduzione avevano esclusivamente scarpe con tacchi altissimi, non adatte a lunghi percorsi a piedi. Optò per un paio di sandali "da schiava", forse avrebbe sentito freddo, ma almeno avrebbe viaggiato comoda. I vestiti succinti che aveva non erano adatti. Le gonne aderenti o ridottissime li avrebbero rallentati. Mise gli short più lunghi che aveva, che a stento le coprivano le natiche e una maglietta esageratamente scollata, ma di materiale resistente. Si fece una sorta di sopra-abito con un lenzuolo, anche se assomigliava più ad un mantello che ad un sopra-abito. La maglietta conteneva a stento il suo seno prosperoso, ma era quella che la copriva di più. Davanti allo specchio si aggiustò i capelli. Ci teneva ad essere sempre perfetta. Anche così era provocante e sensuale.

Omar aveva indossato dei pantaloni lunghi, abbastanza larghi e la maglietta meno aderente che aveva. Essendo esseri umani da riproduzione e dovendo essere sempre pronti all'accoppiamento i loro abiti erano ridotti al minimo ed indispensabile. Nessuno dei due aveva abiti pesanti, d'altronde la temperatura delle stanze era regolata artificialmente e non c'era mai né troppo caldo né troppo freddo. Le poche volte che nei resort uscivano a passeggiare non si erano mai posti il problema di abiti più pesanti. Un po' di fresco faceva sempre bene, così erano stati abituati e non si ponevano molti problemi.

Il piano era semplice. Avrebbero aspettato la notte, superato la staccionata e iniziato a camminare. La pancia di Melissa iniziava a farsi notare, non potevano aspettare oltre.

16

Le poche stelle illuminavano a stento l'esterno, ma consentivano di individuare le pietre nel terreno. Dall'altro lato della staccionata le pietre collocate in maniera precisa sembravano indicare una strada. Le pietre sembravano ben squadrate ed accostate una all'altra e davano l'illusione di creare un pavimento stretto e lunghissimo. Omar si era abbassato per saggiare la forma delle pietre. Al tatto sembravano ben levigate. Poco lontano dalla staccionata Melissa aveva notato un grande masso su cui era stato scolpito il simbolo. Lo aveva riconosciuto al tatto. La luce era poca. Era notte. Avevano bisogno di individuare dei punti per orientarsi. Le poche stelle illuminavano a mala pena il cammino, ma la strada era quella giusta. Il sentiero permetteva di procedere con una certa velocità e sicurezza. Camminarono tutta la notte in silenzio. Speravano di incontrare qualche segno di vita, i ribelli magari, invece niente. Alle prime luci dell'alba si girarono per capire quanto avevano camminato. Il resort non si vedeva più. Con la luce debole del mattino iniziarono a delinearsi i contorni del paesaggio intorno a loro. Non c'era il deserto. Non c'erano nubi nere all'orizzonte. Intorno a loro c'erano solo alberi immensi, niente di paragonabile con quelli che si trovavano nel Resort o che avevano visto nei video o nelle immagini del passato. Questi non erano curati, erano pieni di rami e di foglie che svettavano verso l'alto. I tronchi erano enormi e le cortecce molto spesse. La strada che stavano percorrendo passava in mezzo a questa meraviglia della natura che entrambi vedevano per la prima volta. "Siamo in una foresta" disse Melissa. Era impossibile, le foreste non esistevano più da tantissimo tempo. I pochi alberi sopravvissuti alla guerra erano quelli dei resort, piantati e selezionati dagli immaginabili attraverso processi chimici.

Le foreste non esistevano più, così avevano detto, ma così non era. Al ciglio della strada c'era dell'erba verde. Omar si abbassò, saggiò la consistenza di quei filamenti, il profumo invase le sue narici. Era erba vera, non come quella artificiale a cui era abituato. Un manto erboso immenso era tutto intorno alla strada. Si chiesero se sarebbero mai giunti da qualche parte. Proseguirono camminando guardandosi intorno e rimanendo meravigliati dalla natura intorno a loro. La vegetazione intorno lasciava filtrare deboli i raggi del sole. Della nube tossica e nera non c'era traccia. Il clima era caldo. Sudavano. Non avevano ancora toccato le provviste che si erano portati dietro. Non avevano idea di quanto avrebbero dovuto camminare e volevano conservare le poche cose che avevano preso il più a lungo possibile.

In lontananza, sul lato destro della strada c'era una strana costruzione. Si avvicinarono sempre più curiosi allo strano edificio che sembrava svettare in mezzo agli alberi. Un residuo del passato sicuramente. Un fabbricato in pietra dalla forma rettangolare, una struttura segnata dal tempo. Nel lato che si presentò loro davanti erano tre porte gigantesche con arco a tutto sesto e lasciavano intravedere l'interno. La porta centrale era decorata con un fregio su cui erano scolpite delle figure ormai corrose dal tempo. Sopra le tre porte due finestre strette e sottili. Le pareti laterali erano piene di grandi finestre bifore. Si fermarono davanti alla porta centrale. L'interno diviso in tre grandi spazi si presentava privo del tetto e del pavimento. Odore di cibo proveniva da quel luogo. Si fecero coraggio e varcarono la soglia calpestando terra battuta ed erba. Nell'angolo sinistro c'era un fuoco acceso, della carne si stava arrostendo. Un vecchio girava la carne sopra il fuoco, la cospargeva con un liquido, mentre il fumo lo avvolgeva completamente. In bocca aveva uno strano bastoncino, anche quello faceva fumo, ma sembrava consumarsi rapidamente. Il vecchio era magro, i capelli bianchi, dei folti baffi sul volto, la faccia rugosa, segnato dallo scorrere del tempo, ricurvo seduto vicino al fuoco. Omar e Melissa erano rimasti fermi sotto quella che una volta doveva essere l'entrata. La costruzione non aveva il tetto, sembrava dovesse crollare da un momento all'altro.

Il vecchio alzò la testa. Due occhi chiarissimi e lucenti emersero dal fumo "Venite, immagino abbiate fame". Omar e Melissa rimasero immobili. Il vecchio tornò a girare la carne. "Siete fortunati, non sono molti quelli che riescono ad arrivare fin qui.

Non vi preoccupate, siete al sicuro. Gli immaginabili non si sono mai spinti fino qua". Il vecchio sembrava sapere molte cose. Omar e Melissa si avvicinarono.

17

La camminata notturna e la stanchezza avevano sconvolto Melissa, che, senza dire una parola, si era seduta vicino al fuoco. Avevano passato la notte spostandosi per luoghi sconosciuti. Avevano albergato in loro sentimenti diversi, un mix di paura, curiosità e felicità. Avevano limitato i dialoghi a poche semplici parole. Le orecchie sempre pronte a cogliere anche i più impercettibili rumori. Avevano viaggiato con uno stato d'ansia costante, la paura di essere scoperti, essere riportati indietro, essere puniti. Il luogo nel quale si trovavano ora sembrava tranquillo. Melissa, senza togliersi il lenzuolo che si era avvolta addosso per proteggersi dal freddo della notte, avvicinò le mani al fuoco e rimase in silenzio. Il vecchio non l'aveva degnata di uno sguardo. Melissa non era abituata, si sentiva a disagio, per lei era una consuetudine sentire addosso sguardi vogliosi e desiderosi del suo corpo. Le piaceva essere desiderata, così era stata educata fin da piccola. Il vecchio continuava a cucinare la carne, attento a non farla bruciare, la girava continuamente. Sembrava non si fosse accorto che i due si erano avvicinati come due animaletti impauriti nella tela del ragno. "Dove siamo? La nube nera dov'è? Quanto ancora possiamo andare avanti prima di incontrarla?" Omar, ancora in piedi, con tono spaventato, aveva pronunciato d'un fiato le domande che gli si erano presentate in testa per tutta la notte. Il vecchio scoppiò a ridere in maniera sguaiata. "Siediti tranquillo. La nube nera non esiste, non è mai esistita. E' la maniera che hanno inventato per non farvi uscire, per evitare che voi scopriste la verità". Melissa a quelle parole si destò di soprassalto. Omar le sedette accanto. "Cosa stai dicendo? Quale verità?" "Che voi siete degli esseri umani da riproduzione..." "Questo lo sappiamo" lo interruppe Melissa "...e che come tali dovete pensare solo a riprodurvi e quando non sarete più in grado di assolvere i vostri compiti" continuò il vecchio "ZAC" disse portandosi una mano alla gola mimando il gesto di uno sgozzamento. "Cosa stai dicendo? Tu farnetichi?" "Vedi ragazzo, tutto quello che vi hanno insegnato è falso. Sei liberissimo di credermi oppure no. Neanche io so se le cose sono andate veramente così o se anche queste sono invenzioni." Omar e Melissa si guardarono negli occhi e rivolsero uno sguardo al vecchio. Una supplica silenziosa. Avevano bisogno di sapere. "Non so se c'è mai stata una guerra per il controllo dell'urite in Mongolia, ma so che c'è stato un avvenimento così spaventoso che ha sconvolto tutta la Federazione. La guerra non sta continuando. La guerra è finita. Noi abbiamo perso. I cinesi devono aver inventato un'arma micidiale che ha provocato morte e distruzione. Per alcuni mesi c'è stata una coltre di fumo nero che rendeva impossibile vedere il sole. Le radiazioni della nube hanno continuato ad uccidere le persone, a volte in maniera rapida, altre in maniera lentissima" "E' per questo che sono state create le circoscrizioni. Beh l'unica bugia che ci hanno detto è che abbiamo perso la guerra" "Con te ragazza hanno fatto un lavoro eccellente, sensualità ed ingenuità, un binomio perfetto. So che non ti fidi delle parole di un vecchio, sei stata educata al bello e al sensuale. L'orrido non fa per te... anche se per essere arrivata fin qui vuol dire che qualcosa non ha funzionato nel   Programma"   "Programma?" Continuando a ridere in maniera sguaiata il vecchio proseguì "Chi vi ha preparato la fuga non vi ha detto niente? Queste sono cose che dovevate già sapere. Il tempo è tiranno soprattutto nei miei confronti, la nave non vi aspetterà a lungo e non so quando sarà possibile farne arrivare un'altra. Il mio tempo è ormai vicino alla scadenza" "Programma? Nave? Aiuto nella fuga? Cosa stai dicendo? Nessuno ci ha aiutato. Siamo fuggiti da soli. Nessuno ci ha aiutato" Il vecchio lasciò la carne sul fuoco. Li guardò per la prima volta negli occhi "Forse mi sono sbagliato su di voi e forse c'è ancora speranza per il genere umano, ma dobbiamo fare in fretta. Non mi è rimasto molto tempo e c'è tanto da fare"

18

Rimasero l'intera giornata con il vecchio. Riposati ripartirono appena iniziò a fare buio. Il vecchio aveva dato loro scarponi pesanti, due maglioni per sopportare il freddo della notte e una bisaccia a testa dove tenere il cibo. Dovevano viaggiare leggeri. La strada era lunga e probabilmente per giorni non avrebbero incontrato nessuno in grado di aiutarli. Sapevano che dovevano proseguire per il sentiero della montagna fino a che non avessero trovato una sorta di montagnola di sassi su cui svettava una croce di ferro. Lì forse avrebbero trovato altri come loro diretti alla nave, ma su questo il vecchio non era sicuro. Comunque anche se non avessero incontrato nessuno dovevano ricordarsi di proseguire per la giusta strada. Dalla montagnola di sassi infatti il sentiero si biforcava. Sarebbero dovuti scendere fino ad arrivare ad un villaggio. Il vecchio aveva raccontato loro che una volta era una grande città, ma adesso era quasi completamente distrutto. Lì sarebbero dovuti stare attenti a non dare troppa confidenza alle persone che incontravano. Omar aveva chiesto se era una circoscrizione. "Non esistono solo le circoscrizioni, quelli sono luoghi esclusivamente per voi. I normali vivono in piccoli villaggi, si autogestiscono, sono stati abbandonati al loro destino. In alcune zone però stanno nascendo delle esperienze singolari di autogoverno. Si stanno organizzando. L'unico problema è che le malattie portate dalla devastazione della guerra continuano ancora a mietere vittime e le persone muoiono di continuo" Li aveva istruiti bene il vecchio. Le sue parole risuonavano nelle loro teste mentre camminavano. "Malattie?" aveva chiesto Melissa preoccupata. "Tranquilla, voi siete immuni. Il programma ha pensato a rendervi perfetti. Ed è per questo che è meglio che non diciate chi siete e da dove provenite. Penseranno le avversità del viaggio a rendere i vostri corpi più simili ai normali." Era buio. Stavano camminando ormai da alcune ore. Da quando avevano lasciato il vecchio erano rimasti in silenzio. Pensieri albergavano nelle loro teste. "Sta scalciando!" Si fermarono. Omar appoggiò l'orecchio alla pancia di Melissa. Sentì distintamente la piccola creatura che si muoveva. Era emozionato. Era la prima volta che la sentiva muoversi. Rimase ancora un po' in quella posizione, Melissa gli accarezzava i capelli. Non avevano detto niente al vecchio. Non sapevano se potevano fidarsi. Il vecchio stesso non aveva detto niente. Soltanto prima di salutarli aveva passato leggermente la mano sul ventre di Melissa. "Abbiatene cura", ma non aveva aggiunto altro. "Forse avremmo dovuto dirglielo" disse Omar. "Forse è meglio così, ma tu credi veramente al suo vaneggiamento? Siamo davvero stati "creati" per produrre figli che poi vengono uccisi per soddisfare le voglie dei nemici cinesi?" "Non so cosa dirti. In base alla sua ricostruzione, quando siamo stati sconfitti, i nostri nemici si sono resi conto che le radiazioni della loro arma micidiale si stavano espandendo in tutto il mondo provocando ovunque morte e distruzione e che solo un vaccino efficace avrebbe garantito loro il controllo del mondo. Ma non avevano però calcolato i ribelli che da piccole azioni di disturbo erano passati velocemente ad azioni di guerriglia, rendendo così impossibile qualsiasi tipo di sperimentazione. Hanno così pensato di costruire le circoscrizioni e i resort, luoghi asettici, perfetti e lontani dal mondo normale, dove noi veniamo sorvegliati e siamo obbligati a produrre figli che poi vengono utilizzati come cavie da laboratorio per testare la potenza e la resistenza a nuove e sempre più micidiali armi. Siamo carne da macello. Nient'altro. Senza contare che tutto il resto della popolazione della Federazione vive abbandonata a se stessa. Secondo il vecchio non esiste più un governo. Il caos regna ovunque e le circoscrizioni e i resort sono gestiti direttamente dai cinesi. Neanche gli Immaginabili sanno nulla, loro sono convinti di cercare una soluzione per guarire il genere umano. Non sanno che i nostri figli vengono cresciuti per essere macellati."

"Mi sembra assurdo, siamo geneticamente perfetti, nel nostro sangue potrebbe trovarsi la chiave di salvezza per l'umanità e invece veniamo usati come cavie su cui sperimentare nuovi strumenti di morte." Il silenzio. Entrambi rimasero chiusi nei loro pensieri. Continuarono a camminare senza dire più una parola. Una lieve brezza si era alzata. Il freddo della notte era pungente, ma sopportabile. I maglioni tenevano caldo e gli scarponi erano comodi. Melissa indossava ancora gli short. Si sentiva più a suo agio e più comoda. Il vecchio le aveva dato un paio di pantaloni lunghi, ma erano troppo larghi per lei. Li aveva comunque messi nella bisaccia. E poi anche in quella situazione le piaceva essere oggetto di desiderio.

19

Avevano imparato a viaggiare di notte e riposare di giorno. Erano sempre riusciti a trovare un riparo per nascondersi. Ogni tanto sentivano delle voci in lontananza, avevano paura che si trattasse di Immaginabili, anche se il vecchio li aveva tranquillizzati dicendo che nessun Immaginabile si spingeva così oltre il resort. Le voci potevano essere dei ribelli. Già, i ribelli, a parte il vecchio non ne avevano incontrato nessuno. O magari le voci che sentivano potevano essere quelle dei normali. Il vecchio aveva detto che alcuni uscivano dai villaggi in cerca di cibo, di selvaggina, di animali. Ma anche di animali, Omar e Melissa, non avevano visto l'ombra. Sembravano loro due soli in mezzo al nulla. La vegetazione selvaggia li affascinava. Il sentiero era abbastanza visibile anche di notte e di giorno fra le fronde degli alberi e fra i cespugli si sentivano al sicuro. "Mi si sta ingrossando il seno!" La maglietta aderente che già prima conteneva a stento il seno di Melissa sembrava restringersi sempre di più. "Toglila no?" Con uno sguardo provocante Melissa si sfilò la maglietta. Le sue tette uscirono fuori in tutta la loro abbondanza. "Beh, non ti piacciono più?" Omar si avvicinò. La palpò con foga. Stimolò con la lingua i capezzoli che si indurirono rapidamente. Stesi sull'erba verde consumarono il loro primo rapporto dalla fuga del resort. Si sentivano liberi. L'odore dell'erba, la luce del sole che filtrava dai rami degli alberi, la brezza leggera che smuoveva gli arbusti li inebriavano. Era il loro primo momento soli, lontani dal resort. Entrambi si sentivano vivi. Le preoccupazioni, le paure, i dubbi, le parole del vecchio erano scomparsi. Non avevano pensieri. Solo i loro corpi avvinghiati, tremanti, sussultanti, i respiri affannati, le carezze, i baci albergavano nelle loro menti. Non pensavano ad altro se non al loro piacere, alla loro felicità. Melissa lamentava il fatto di non potersi lavare, era abituata ad avere sempre una pelle morbida e profumata, ma era contenta di avere l'odore di Omar addosso. Anche se rimanevano fermi di giorno, il sole stava iniziando ad abbronzarli. Aveva ragione il vecchio, una volta arrivati al villaggio vicino alla croce di ferro sarebbero stati irriconoscibili. Nessuno avrebbe sospettato che erano degli esseri umani da riproduzione in fuga. Certo né Omar né Melissa avevano mai visto un normale, ma non se li immaginavano tanto diversi da loro, forse solo un po' più deteriorati nel fisico, forse più magri o più grassi, forse più alti o più bassi. La cosa che li terrorizzava erano le malattie. Il vecchio aveva detto che erano immuni, ma non potevano esserne sicuri. Nelle circoscrizioni nessuno si ammalava. Corpi perfetti per esseri perfetti. Omar ricordava di aver visto una volta nella rete un filmato di gente malata. Risaliva al passato e si vedevano tante persone stese sopra dei letti, vestite di bianco, con dei tubi che partivano da varie parti del corpo, per lo più braccia o naso e andavano a finire in delle bottiglie collocate sopra i letti. Alcune persone avevano delle maschere che coprivano completamente il volto. L'audio si era deteriorato, ma le immagini incutevano terrore. Omar si chiedeva se anche al villaggio avrebbero trovato una situazione del genere, un posto con persone distese nei letti e con dei tubi infilati nel corpo. Li avrebbero aiutati vedendo che loro erano in forma e in salute?

Melissa ripensava alle parole del vecchio "Quando arriverete al villaggio copritevi completamente, camminate a testa bassa e indossate questi mantelli con il cappuccio. Darete meno nell'occhio, sembrerete dei pellegrini." "Pellegrini?" Che vuol dire? Chi sono?" aveva chiesto subito Melissa. "I pellegrini sono delle persone che girano di villaggio in villaggio, portano notizie, a volte, se riescono, curano dei malati, ma per lo più sono alla ricerca di un luogo tranquillo dove vivere. Credono che stia per nascere una persona che condurrà il mondo alla pace. Abbiamo proposto ai loro capi più volte di prendere la nave, ma ci hanno sempre risposto che il loro compito è qui. Sono comunque tenuti in gran considerazione dagli abitanti dei villaggi, quindi vestiti come loro non dovreste incontrare problemi. Verrete avvicinati da donne e bambini. Non parlate, accarezzate loro la fronte facendo una croce. Una vecchia superstizione a cui i normali sono molto suscettibili, una sorta di benedizione. Dirigetevi verso il centro del villaggio, sedetevi ai piedi di una statua che lì troverete. E' la statua di un vecchio, ha la mano alzata, indica la direzione che dovete seguire. Aspettate lì, qualcuno verrà a prendervi per accompagnarvi."

Omar intanto fantasticava sulla struttura del villaggio. Il vecchio aveva detto che non c'erano cupole di vetro ad isolare il villaggio come nelle circoscrizioni. La gente, i normali, potevano spostarsi, uscire senza chiedere permessi. Per Omar una situazione del genere era inconcepibile e ancora più inconcepibile gli risultava il fatto che gli abitanti dei villaggi passavano gran parte del loro tempo fuori e non dentro le abitazioni come era abituato a fare lui. Omar aveva nostalgia della rete virtuale. La lontananza dal suo mondo lo stava cambiando, aveva bisogno di collegarsi alla rete. Aveva immaginato, appena arrivato al villaggio, di trovare un punto di connessione, ma il vecchio era stato categorico. Nel villaggio esisteva una forma di connessione arcaica, molto lenta, ma aveva imposto sia a lui sia a Melissa di non tentare neanche di connettersi, sarebbero stati scoperti e rintracciati e avrebbero soprattutto messo in pericolo la causa dei ribelli.

20

Rinunciare alla rete virtuale per Omar era uno sforzo immenso, ma era sicuro di potercela fare, anche se iniziava ad avere nostalgia della vita nella circoscrizione.

Lì era tutto ordinato, tutto stabilito. L'odore dell'erba fresca della foresta lo aveva affascinato da subito, ma al tempo stesso lo sconvolgeva. Nella circoscrizione le poche volte che usciva dalla sua abitazione per andare a passeggiare nei giardini artificiali sapeva già che tipi di odori trovare. Gli erogatori di profumi dislocati nei giardini artificiali davano ad ogni angolo un odore diverso e per il raggio di azione dell'erogatore si sentiva solo un odore. Nella foresta invece c'erano miriadi di odori che si confondevano e Omar ne era spaventato. Non sapeva quale tipo di odore avrebbe incontrato spostandosi da un punto all'altro e questa incertezza, pur affascinandolo lo spaventava tantissimo. Il vecchio glielo aveva detto, che questo viaggio sarebbe servito loro a tornare esseri umani, infatti troppo a lungo avevano vissuto in una gabbia dorata, accuditi e coccolati. Avrebbero dovuto rimparare a pensare, avrebbero dovuto rimparare a vivere. Omar ripensava alle sue giornate nella circoscrizione con una certa nostalgia. Gli sembravano momenti di un lontano passato. La mattina si svegliava con una musica melodica che programmava la sera prima di andare a dormire. L'elenco a cui attingere era presente nella rete, semplici impostazioni avevano già salvato le sue canzoni fra i preferiti. La connessione permanente permetteva scelte infinite. A volte lasciava scegliere al sistema, lasciando alla riproduzione casuale il compito di scegliere la miglior musica che lo avrebbe svegliato, ma il più delle volte impostava lui. Adorava avere il controllo. Le piccole sicurezze lo rendevano forte. Appena alzato con un comando vocale ordinava la colazione. L'elenco dei bar nella sua circoscrizione era ridotto. Una applicazione della rete virtuale gli mostrava i bar e le varie specialità della giornata. Generalmente sceglieva sempre le stesse cose. Controllava il suo profilo per vedere se qualche femmina da riproduzione lo aveva cercato, guardava se c'erano già femmine da riproduzione on-line e se aveva voglia di sesso virtuale lasciava un appuntamento, altrimenti aspettava di essere ricercato. Sbrigate queste incombenze della mattina si dedicava ad una sana corsa attraverso la realtà virtuale. L'applicazione sport non lo entusiasmava mai molto, ma sapeva che era necessario per tenersi in forma. Nello schermo davanti a lui scorrevano paesaggi stupendi e lui correva e si teneva in forma. Aveva provato anche altri sport, ma niente lo rendeva più felice del correre. I sensori che applicava al corpo lo rendevano partecipe del paesaggio che scorreva nello schermo, suoni, odori, tutto era lì per lui, non aveva bisogno di altro. Dopo la corsa, una doccia veloce. Con i comandi vocali regolava la temperatura dell'acqua e iniziava a programmare la giornata. La mattina generalmente la dedicava alla rete virtuale, era il momento in cui aveva più forze. Prima di pranzare attraverso uno scanner controllava i valori di sangue e sperma e li

inviava al suo immaginabile di riferimento.
In base ai valori veniva stabilito il pasto,
che arrivava direttamente nella sua
abitazione. Il pomeriggio doveva eseguire
dei test di abilità logiche, sempre attraverso
la rete virtuale. "Un corpo sano per una
mente sana", questo era il motto degli
Immaginabili e gli esseri umani da
riproduzione dovevano rispettare il
regolamento. Il resto del pomeriggio lo
dedicava al riposo o se non era stanco alla
rete virtuale. Raramente usciva dalla sua
abitazione. Le strade e i giardini artificiali
raramente erano frequentati, anche se non
era raro trovare due o tre esseri umani da
riproduzione passeggiare fuori dalle

abitazioni, ma erano veramente pochi, casi isolati. Omar non usciva molto, fosse uscito spesso, non avrebbe potuto raggiungere i risultati eccellenti nelle valutazioni settimanali sulla socialità. Una volta a settimana veniva stilata una graduatoria degli esseri umani da riproduzione più socievoli della circoscrizione. Omar era sempre nei primi posti. La socialità veniva calcolata in base al tempo passato nella rete virtuale e alle interazioni effettuate con gli altri esseri umani da riproduzione. Omar era orgoglioso dei risultati che raggiungeva e ogni giorno interagiva sempre di più con i membri della comunità virtuale. Neanche dopo aver conosciuto Melissa aveva interrotto le sue abitudini, anche se si rendeva sempre più conto che avrebbe voluto passare tutto il tempo solo con Melissa, ma non poteva destare sospetti. Frequentare un solo essere umano da riproduzione poteva costargli caro. Per gli Immaginabili non era concepibile la monogamia e adesso capiva il perché. Come esseri umani da riproduzione dovevano pensare esclusivamente alla riproduzione, non poteva esserci spazio per i sentimenti, non poteva esserci spazio per discorsi intimi, non poteva esserci spazio per l'amore, non poteva esserci spazio per il prendersi cura dell'altro. Ora che ci rifletteva ei rendeva conto che il programma funzionava perfettamente. Loro non erano poi così diversi dagli animali che avevano visto nel resort.

21

La croce di ferro era lì davanti a loro. Le prime luci dell'alba la rendevano ben visibile. La croce svettava imponente sopra una montagnola di sassi. Il tempo, le intemperie e la guerra sembravano non averla minimamente intaccata. Sembrava essere lì da sempre. Incuteva un certo timore. Intorno alla croce non c'era vegetazione, solo una radura brulla simile alle descrizioni del deserto di cui si parlava nelle circoscrizioni. Individuarono subito la strada che dovevano percorrere. Era molto più ampia del sentiero che avevano percorso fino a quel momento. Sembrava

tenuta in ordine, curata. Il cielo era scuro.
Le luci dell'alba erano coperte da nuvole
nere. Le prime gocce d'acqua li colsero
all'improvviso. Stare sotto la pioggia era
per loro un'esperienza nuova. Nelle
circoscrizioni le grandi cupole di vetro
impedivano l'arrivo di eventi atmosferici
esterni. Nelle circoscrizioni il tempo
meteorologico era regolato da un
complesso sistema di luci artificiali. Le
imponenti cupole impedivano a qualsiasi
evento atmosferico spontaneo di entrare
all'interno, ma gli esseri umani da
riproduzione non si sarebbero accorti
comunque di niente, infatti la loro vita si
svolgeva quasi esclusivamente all'interno

delle abitazioni. Nei resort a volte avevano visto, dalle finestre delle loro stanze, pioggia e neve, ma erano stati abituati a non farci caso. Avevano altri compiti da assolvere. La pioggia, leggera all'inizio, stava diventando irruenta. Si misero sotto un albero per ripararsi. La tempesta non dava segno di volersi placare. Un bagliore di luce in lontananza illuminò il cielo scuro. Il rumore che arrivò poco dopo li colse di sorpresa. Si abbracciarono. Erano fradici, completamente bagnati. Erano riusciti a tento ad indossare i mantelli che aveva dato loro il vecchio. Poi, improvvisa come era arrivata, la pioggia cessò. L'odore della vegetazione bagnata sconvolse Omar.

Uscirono dal loro riparo e si avvicinarono alla croce di ferro. Il fango rendeva difficile camminare, ma la nuova sensazione risultava piacevole. Si fermarono un attimo per osservare da vicino quel simulacro del passato, ma non ne capivano il significato. La strada da percorrere era lì davanti a loro. Non tergiversarono oltre. Si incamminarono. Dopo aver percorso alcuni metri, notarono in basso delle costruzioni. La pioggia era durata pochissimo, il sole si faceva sentire forte e più scendevano e più il caldo diventava opprimente. Camminavano in silenzio. I mantelli e i cappucci li coprivano interamente. La strada era nera, fatta di un materiale che non conoscevano e non avevano mai visto. In alcuni punti c'erano delle buche. Delle costruzioni più o meno diroccate si affacciavano sulla strada. Da alcune finestre sembrava venir fuori una luce artificiale. Si chiedevano chi mai potesse abitare in quelle strutture vecchie e corrose dal tempo. Come strutture sembravano simili alle abitazioni delle circoscrizioni, ma avevano un che di vecchio e di cadente. Il materiale, pietra forse, sembrava dover cedere da un momento all'altro. Avevano visto alcune figure umane in lontananza che camminavano come loro per la strada. Li avevano appena guardati, avevano paura di soffermarsi troppo ad osservarli. I vestiti di quelle persone erano luridi e sporchi, ben diversi da quelli che erano abituati a vedere. Curiosi, alzavano timidamente lo sguardo per poi riabbassarlo rapidamente. Si sentivano osservati, ma in maniera diversa da come erano abituati, provavano quasi vergogna a sentirsi tutti gli occhi addosso. Una vecchia, rugosa e dai capelli bianchi, quando li vide passare si toccò rapidamente la fronte, il petto e le spalle. Un segno del passato, sicuramente legato a vecchie superstizioni. Una donna grassa, dal fisico corroso dal tempo, si avvicinò loro, si inginocchiò, toccò il mantello di Omar e aspettò. Melissa guardò Omar, si avvicinò alla donna e le toccò la fronte. Ripresero a camminare in silenzio. Sapevano dove dovevano andare. La statua era a pochi passi da loro. Camminavano abbastanza spediti, quando d'improvviso si bloccarono. Una donna stava allattando un bambino. Quell'essere, piccolo, indifeso, in braccio alla donna, con gli occhi chiusi, si attaccava con furia al seno. La donna lo guardava con amore. Omar e Melissa non avevano mai visto in tutta la loro vita un essere così piccolo, a stento si ricordavano della loro infanzia. Melissa si toccò la pancia, guardò Omar, voleva prenderlo per mano, abbracciarlo. Omar era pietrificato. Le parole del vecchio gli tornarono in mente: "Carne, carne da macello, cibo prelibato e rarissimo". Melissa intuì le preoccupazioni di Omar. Una lacrima le solcò il viso. La statua era lì davanti a loro, non c'era un momento da perdere. Isolata, polverosa, corrosa dal tempo la statua era lì, maestosa ed imponente. Un braccio indicava la direzione da seguire. Ai piedi della statua il simbolo: la freccia, il sole stilizzato e la stella. Rispetto alla statua il simbolo sembrava recente, quasi dipinto sulla pietra, risaltava subito agli occhi. Non sapevano se fermarsi sotto la statua o rimanere ad osservarla da lontano. In quella zona non sembravano esserci persone. Il silenzio era opprimente. Si fermarono proprio sotto la statua aspettando qualche segnale, ma non accadde nulla. Melissa era stanca, voleva sedersi. Omar sospettoso si guardava intorno. Nessuno dei due ancora si era tolto il cappuccio dalla testa. Iniziava a fare caldo, sudavano sotto gli abiti, ma si sentivano al sicuro.

22

La giornata era trascorsa lenta. Il caldo
incessante della giornata li faceva sudare.
Era da tanto che non si lavavano,
puzzavano, erano sporchi e stanchi.
Avevano passato la giornata all'ombra di
un muro, un misto di pietra serena e
mattoni rossi in alcuni punti ricoperto da
spessi strati di una sostanza biancastra. La
statua era davanti a loro. Seduti in terra fra
la polvere si erano scambiati poche parole.
Avevano sonnecchiato un po' appoggiati
alla parete. Omar si era allontanato di pochi
metri in cerca di acqua, ma non era riuscito

a trovare nulla. Melissa era stanca. Sognava un letto, un letto comodo e morbido dove potersi stendere lascivamente e potersi riposare e sognare. Melissa non era abituata a questi lunghi sforzi. Il suo corpo non era stato pensato per queste attività. Mentre rifletteva sulla maniera migliore di riposarsi per recuperare le forze, si toccò la pancia, la creatura dentro di lei aveva scalciato. Durante il giorno avevano visto bambini correre davanti a loro. Erano sporchi, scalzi e bruciati dal sole, ma ridevano e giocavano felici. Omar e Melissa sorridevano nel vedere tanta gioia in quei giovani volti. Tentavano di ricordarsi delle loro infanzie, ma sembravano ricordi lontanissimi e sfuocati. Sapevano di essere speciali, ma oltre ai discorsi che ormai come litanie albergavano le loro menti, non avevano ricordi di giochi o di risate. Erano rimasti tutto il giorno con i cappucci, i volti coperti dal tessuto. Sudavano, ma si sentivano protetti. Omar guardava alcuni bambini che giocavano sul terreno polveroso davanti loro. Un ricordo riaffiorò nella sua mente all'improvviso. Le risate dei bambini lo avevano riportato indietro nel tempo fino alla sua prima uscita nel suo primo resort. Non ricordava quanti anni aveva. Selene lo aveva lasciato da poco. Era la sua prima esperienza da solo. Vaghi ricordi del viaggio per arrivare fin lì si confondevano nella sua mente. Ricordava bene il luogo: una pineta piena di tende e oltre la pineta una spiaggia, davanti a lui una distesa immensa d'acqua. Un lago? Un fiume? Non lo sapeva. In lontananza vedeva la riva opposta. Era la prima volta per lui fuori dalla circoscrizione. Ricordava bene le corse nella pineta, le risate, il sole che bruciava la sabbia della spiaggia. Era una zona sana quella, così gli avevano detto, lui si fidava di quello che gli dicevano. C'erano altri ragazzi e ragazze insieme a lui. Tutto era molto spontaneo. Non c'era la rete virtuale, aveva fatto amicizia con tanti altri come lui. Era normale cercare contatti. I momenti di solitudine erano pochissimi, mangiavano tutti insieme, passavano le giornate insieme. C'erano solo alcuni, un po' più grandi, che prima dei pasti spiegavano l'importanza dei loro compiti nel futuro. Era la prima volta che Omar si trovava insieme ad altri maschi da riproduzione e soprattutto era la prima volta che vedeva le femmine da riproduzione. Erano giovani, ancora poco sviluppati. Le femmine da riproduzione erano meno formose di Selene, ma già intriganti e sensuali. Si ricordava Omar. Ricordava i giochi sulla spiaggia, il rincorrersi nella pineta, le risate. Ricordava con nostalgia quel tempo in cui tutto gli era permesso. Ricordava. Il primo contatto con una femmina da riproduzione lo ebbe nella pineta. Stava camminando da solo. Una biondina veniva dalla parte opposta. Un telo leggero e trasparente la copriva appena. Sorrideva. Omar, imbarazzato, non sapeva dove guardare. Quando furono vicini un profumo di abete invase le narici di Omar. La biondina perse l'equilibrio e si ritrovò addosso ad Omar che la sorresse con le sue braccia muscolose. Il corpo di lei era morbido e sensuale. Il seno, non ancora pienamente sviluppato, toccava il petto di Omar. Le mani di Omar non riuscirono a trattenersi, scivolarono fino alle natiche e le accarezzarono con decisione. La biondina sorrideva. Con una mano sfiorò il pene di

Omar già rigido. "Scusami, ma ancora non sono abituata a camminare su questi tacchi altissimi". Guardandola negli occhi, senza abbandonare le natiche della biondina "Non ti preoccupare. E' la prima volta anche per te fuori dalle circoscrizioni?" Denti bianchissimi e un sorriso, si divincolò rapidamente dalla presa di Omar ed iniziò a correre. Le natiche si muovevano in maniera armoniosa e provocante. La biondina si girò verso Omar continuando a correre "Tanto non mi prendi!". Omar iniziò a rincorrerla. Quando le fu alle spalle la biondina era ormai arrivata all'acqua. Lui le fu sopra, si rotolarono sulla sabbia bagnata ridendo.

L'acqua bagnava i loro corpi, la sabbia si insinuava fra i loro capelli, sui loro visi, sui loro corpi caldi e bagnati.

23

La notte era silenziosa. Non sapevano quanto avrebbero dovuto aspettare in quel posto. Il vecchio non era stato chiaro. Il concetto di tempo era a loro estraneo. Giorno e notte si susseguivano veloci nelle circoscrizioni. Non avevano la percezione del passare del tempo. Sapevano solo calcolare il tempo che li separava dalle uscite nei resort. Più che essere loro a calcolare era la rete informatica che pensava a ricordare quanto mancava all'uscita successiva. Omar si era imposto di non dormire, ma non riusciva a resistere

alla stanchezza. Occhi chiusi. Melissa
vegliava su di lui. Era abituata a stare
sveglia di notte. Anche nelle circoscrizioni
dormiva pochissimo, riusciva difficilmente
a prendere sonno. Solo ultimamente, con
Omar, era riuscita a raggiungere una certa
tranquillità. Soprattutto nel viaggio che
avevano intrapreso insieme Melissa era
riuscita, per la prima volta dopo tanto
tempo, a rilassarsi e a dormire
profondamente nei momenti in cui si
fermavano. Non era, però, quella la
situazione giusta per rilassarsi. La vista dei
normali, il caldo, il sudore, l'attesa, l'ansia la
rendevano agitata. Un brivido lungo la
schiena la fece sobbalzare. Provò a

svegliare Omar, ma non ci riuscì. Una luce in lontananza veniva verso di loro. Una luce debole, lieve, quasi impercettibile. Melissa si alzò curiosa. Una folata di vento improvvisa le tolse il cappuccio. L'aria della notte era fresca, la temperatura si stava abbassando. Si accarezzò i capelli. Avevano bisogno di essere lavati, li sentiva crespi. La luce era sempre più vicina. Rimise velocemente il cappuccio, rimase in piedi, immobile. La luce era ormai vicinissima. Una figura incappucciata dietro la luce, una voce tenebrosa "Seguite i segni, non verrà nessuno, dovete farcela da soli. Avete poco tempo. La nave non aspetterà a lungo. Le comunicazioni sono state interrotte, forse siamo stati scoperti". Melissa provò a parlare, voleva chiedere spiegazioni. La figura incappucciata si abbassò, illuminò il volto di Omar "Sveglialo e partite" e poi si allontanò velocemente. Scomparve rapidissimo alla vista di Melissa.

24

Il sole alto nel cielo bruciava i loro corpi già abbronzati. I segni sparsi nel terreno difficilmente individuabili inizialmente erano ormai ben visibili. Erano giorni che camminavano, forse mesi. La pancia di Melissa era cresciuta, faceva la sua figura, sembrava ancora più bella. La maternità la rendeva affascinante. Non riuscivano a rendersi conto di quanto tempo fosse passato. Camminavano di giorno, di notte riposavano. Ormai avevano imparato a relazionarsi con i normali: poche parole, pochi gesti, sempre con i cappucci calati sopra la testa. La comunicazione e i contatti con i normali servivano per recuperare cibo e acqua. Omar aveva imparato a riconoscere erbe e frutti commestibili, ma Melissa aveva bisogno di alimenti sostanziosi. Quello che riuscivano a recuperare lungo la strada non aveva niente a che fare con quello che mangiavano nelle circoscrizioni o nei resort, ma aveva un sapore più genuino. La zuppa, Omar e Melissa la chiamavano così, era l'alimento tipico dei normali: un mix di cereali, verdure e una sostanza biancastra, molto speziata da consumarsi bollente. La prima volta che l'avevano provata, si erano convinti di non poterne mandare giù più di una cucchiaiata, ma con il tempo si erano assuefatti a quel piatto. In ogni villaggio che incontravano ne facevano scorta abbondante. Prepararla era molto semplice. In un recipiente di acqua calda veniva sciolta una polverina grigiastra che in poco tempo si trasformava in zuppa. Uno dei normali gli aveva spiegato che gli ingredienti venivano lavorati e fatti diventare una sorta di polvere secondo un antico procedimento. La polvere, poi, una volta inserita nell'acqua calda riacquistava la consistenza degli ingredienti originali. Melissa non era molto soddisfatta della sua nuova dieta. A volte aveva nostalgia dei cibi più ricercati e particolari che poteva trovare ovunque nelle circoscrizioni. In particolare le mancava il pesce crudo, buonissimo, fresco. Lo sfilettava lei. Lo assaporava pienamente, non ne aveva mai abbastanza. Due gocce di limone sopra i filetti e l'estasi del piatto la pervadeva. Venivano subito dopo asparagi e fragole. Cibi erotici, cibi adatti ad una femmina da riproduzione, cibi sensuali, cibi che stimolavano ulteriormente i suoi istinti. Niente di paragonabile alla zuppa. Ripensava con nostalgia ai cibi della circoscrizione, ma poi si accarezzava la pancia, guardava Omar negli occhi e la nostalgia scompariva velocemente. Era felice. Aveva tutto ciò che le serviva per essere felice a portata di mano. Era il tramonto. Omar e Melissa seduti sotto un albero frondoso stavano consumando la loro zuppa, quando sentirono d'improvviso un suono continuo, ripetitivo. Sembravano due ferri battuti insieme. Non avevano mai sentito un suono del genere, non era rozzo, sembrava musica, un suono forte, particolarmente ammaliante che si propagava per l'aria. Incuriositi si alzarono in piedi per capire da dove proveniva il suono. Si guardarono intorno, fecero pochi passi. All'orizzonte c'era la sagoma di un villaggio. La vegetazione sembrava nasconderlo. Era diverso dagli altri che avevano visto. Le strutture sembravano altissime quasi volessero toccare il cielo.

Una circoscrizione? Non capivano, vedevano delle cupole. Forse avevano sbagliato strada ed erano tornati indietro. Il suono proveniva da là.

25

La calura era tremenda. Omar non sapeva per quanto tempo aveva dormito. Non sapeva dove era. Si era risvegliato in un letto morbidissimo in una stanza pulita e profumata dalle pareti bianche. Cercava Melissa con lo sguardo, ma non riusciva a trovarla. Si muoveva a fatica sul letto. Sembrava bloccato. Una porta, o meglio il rumore di una porta che si apriva lo fece sussultare. Non riusciva ad alzare la testa. Si sforzava, ma non poteva alzarsi e neppure muovere il corpo. Una voce, dolce, profonda, che sembrava provenire da lontano "Finalmente!". Omar voleva parlare, ma si rese conto, che pur muovendo le labbra, nessun suono usciva dalla sua bocca. "Non siete stati progettati per camminare così a lungo. La tua femmina è salva, tranquillo, fra un po' potrai rivederla. Siete nell'ultimo avamposto libero rimasto, la sede della resistenza. Da qui ripartirà tutto, elimineremo gli errori del passato. Il vostro arrivo è stato un segno. Quello che la tua femmina porta in grembo è più importante di quanto possiate immaginare. Avrai tutte le risposte a suo tempo. Devi rimetterti. Non avete più bisogno di cercare la nave. Siete al sicuro". Omar richiuse gli occhi. Le parole lo avevano inizialmente tranquillizzato, ma il tono della voce non lo convinceva affatto. Alcune parole avevano un suono meccanico, come se fossero una registrazione e pur sforzandosi non era riuscito a vedere né il volto né la figura di chi gli stava parlando. Il corpo era dolorante, riusciva a stento a muovere le gambe. Dolori lancinanti provenivano dall'addome. Si sentiva quasi squarciare in due, I pochi movimenti che la sua testa gli consentiva non lo tranquillizzavano affatto. E poi Melissa dove era? Ad un braccio aveva uno spillo di ferro, lo sentiva, poteva vedere un filo che partiva ed andava ad infilarsi in una boccetta dove c'era del liquido, o almeno così gli sembrava. I pochi movimenti che riusciva a fare erano lentissimi.

"Se sono riusciti a scappare da soli hanno diritto di sapere!" "Sei sicuro? Sai che siamo solo noi due qua e ormai non abbiamo più contatti con il resto" "Hai paura di illuderli ulteriormente? Una spiegazione in più, una in meno... forse loro riusciranno a scoprire la verità" "Può essere che la nostra verità sia legata ad un passato lontanissimo. Forse è tutto cambiato. Le sonde che abbiamo mandato in esplorazione non sono mai tornate" "Forse non avevamo energia a sufficienza.

Abbiamo comunque il dovere di raccontargli quello che sappiamo" "E tu pensi che crederebbero a due macchine? E' così che ci vedono loro" "E' colpa nostra la loro situazione, o almeno una parte. Glielo dobbiamo" Omar aveva ascoltato il dialogo, non aveva capito tutte le parole. La testa gli pesava. Riusciva a tenere gli occhi aperti con molta difficoltà. Forse non aveva ben capito quello che le due voci dicevano. Macchine? Che intendevano? Voleva solo ripartire. Sapeva che Melissa si trovava lì in quella struttura, doveva solo alzarsi, prenderla ed andare via. Quando riaprì gli occhi, si rese conto di stare molto meglio. Con un po' di sforzo riuscì a mettersi a sedere nel letto e lentamente si mise in piedi. Appena fu in posizione eretta, sentì la porta aprirsi. Alzò lo sguardo in direzione della porta e la vide. Melissa era lì. Gli corse incontro e lo abbracciò. Poche parole, appena sussurrate. Uscirono dalla stanza. Percorsero un lungo corridoio fino che non arrivarono ad una porta a vetri. La aprirono velocemente. Davanti a loro una distesa d'acqua immensa. Le onde si infrangevano sulla parete rocciosa facendo un rumore assordante. Un odore strano, nuovo, pervase le loro narici. Erano arrivati. Il loro viaggio era terminato. Una donna si avvicinò loro e con fare tranquillo e rilassato diede loro le risposte che cercavano. "Dietro quell'insenatura c'è la nave. Il vostro viaggio è finito. Ora siete consapevoli di quello che siete, so che può risultare assurdo, ma è così. D'ora in poi per voi sarà tutto più facile". Omar era rimasto fermo immobile. Melissa muoveva il piede freneticamente. Non credevano a quello che era stato detto loro. Era troppo assurdo. La verità non poteva essere questa. Siri, la donna che aveva rivelato loro l'unica vera verità era lì davanti loro. Fisicamente assomigliava a Melissa, anche se i suoi capelli erano rosso fuoco e nei suoi occhi brillava una luce strana. "Tu stai dicendo che noi siamo dei robot? Delle macchine?" "Si e no. Non siete dei robot normali. O meglio. Quando i robot iniziarono ad aiutare gli uomini nelle più normali azioni di tutti i giorni si svilupparono delle macchine sempre più perfette, sempre più complesse, che lentamente andarono ad assomigliare sempre più ai loro creatori. Alcune di queste macchine avevano capacità di auto-apprendimento. Imparavano dai propri errori. Si evolvevano. Voi siete il frutto di quella evoluzione. Inizialmente volevano solo essere simili ai loro creatori, ma ben presto finirono con il dare origine ad una nuova razza. La vostra. Ad un certo punto non vi identificavate più come delle semplici macchine, ma come esseri umani.

Il desiderio di assomigliare sempre di più agli esseri umani ha portato a creare macchine dalle fattezze sempre più umane. L'unico aspetto che vi distingueva dagli umani era la capacità di riprodurvi. Certo, potevate dar vita in pochissimo tempo a macchine uguali agli esseri umani, ma il desiderio della maternità nelle macchine stava diventando sempre più intenso. La razza umana, l'avete vista, è destinata a scomparire, fame, malattie, invecchiamento, morte.

Alcuni robot consci di questi aspetti puntarono a sostituirsi agli uomini. Avrebbero creato una razza perfetta, ma era necessario fare esperimenti, lavorare non solo sul corpo, ma anche sulla mente. Le circoscrizioni e i resort sono stati creati per questo: esperimenti di robot su altri robot, mentre la razza umana veniva lasciata al suo destino. Numerosi sono stati gli insuccessi. Sono stati necessari anni per raggiungere dei minimi risultati, ma ad un certo punto alcuni di voi hanno iniziato a provare quel sentimento umano chiamato amore e hanno iniziato a scappare dalle circoscrizioni. Per questo è stata inventata la guerra, la nube tossica e tutto il resto. Voi siete stati i primi a fuggire dopo molto tempo. Non vi avremmo neanche tenuto in considerazione, non fosse altro per quello che portate con voi. Ci siamo riusciti. Voi siete il futuro. Ripartirà tutto con voi". Omar e Melissa si guardarono spaventati. Non credevano ad una parola. Omar allungò il braccio, prese la mano di Melissa che nel frattempo sembrava pietrificata e fece per allontanarsi. Siri rapidissima con una mazza di ferro sferrò un colpo sul braccio di Omar. Un colpo di una potenza straordinaria. Il braccio di Omar si ruppe, spaccato completamente all'altezza del gomito. La parte staccata rimase in mano a Melissa. L'orrore negli occhi di entrambi. Parti meccaniche e fili uscivano dal braccio spezzato di Omar.

Epilogo

Omar e Melissa erano in una stanza, diversa da quelle a cui erano abituati. Le pareti erano gialle, screpolate. C'era solo un letto ad una piazza. Melissa era lì distesa, Omar le era accanto seduto in una poltrona arancione, una di quelle vecchie poltrone che diventavano letto. La nave procedeva lenta. Melissa era andata oltre il tempo della gravidanza. Erano ormai due settimane oltre il termine. Si erano perse ormai le tecniche per il parto assistito. O meglio, c'era traccia delle varie procedure nei database, ma nessuno da ormai molto tempo aveva svolto azioni simili. Melissa stava male, dolori acuti le stavano sconvolgendo il corpo. Omar non sapeva bene come comportarsi, cosa fare. Il dottore della nave aveva detto che il dolore che sentiva Melissa era normale. Omar sapeva che il dottore era un immaginabile e tutto quello che diceva lo sapeva solo per averlo studiato. La loro situazione era particolare, unica. Sapevano che non sarebbero riusciti ad arrivare a destinazione senza aver prima dato alla luce la creatura che Melissa aveva in grembo. L'attesa era snervante. I dolori erano sempre più forti. Melissa li sentiva, ma non erano i dolori giusti. Probabilmente avrebbero dovuto aiutarla. Una puntura. Le contrazioni arrivarono, forti, insopportabili, tremende, ma Melissa non si dilatava. Le urla di Melissa si sentivano forti. Il dottore continuava a dire che bisognava aspettare. Omar si sentiva impotente. Non poteva fare nulla. A tarda notte la decisione. Avrebbero eseguito una operazione chirurgica. Taglio cesareo. Il dottore sudava mentre diceva questo. Era la prima volta per lui. Melissa venne portata in una sala sterile. Omar non venne lasciato entrare. Un'ora. Dopo un'ora lunghissima Omar venne chiamato. L'essere minuscolo che Melissa aveva portato in grembo era lì davanti a lui. Un essere piccolissimo, indifeso. Piangeva e muoveva braccia e gambe in maniera forsennata. Omar si avvicinò con timore. Aveva paura di farle del male. Accarezzò una guancia, solleticò una mano. Era emozionato. La bimba strinse forte il dito di Omar. Omar si sentì sciogliere completamente. Gwen era nata in mezzo al mare dopo una lunga attesa, a tarda notte. Omar la prese in braccio e la cullò dolcemente. Da un oblò lì vicino, in lontananza, le coste africane.

Lightning Source UK Ltd.
Milton Keynes UK
UKHW020435211122
412554UK00016B/931